いのうえやすし
井上靖 文集

日本纪行

[日]井上靖 著
郭娜 译

重庆出版集团
重庆出版社

NIHON KIKO
by INOUE Yasushi
Collection copyright © 1993 by The Heirs of INOUE Yasushi
All rights reserved.
Originally published in Japan.
Chinese (in simplified character only) translation rights arranged with
The Heirs of INOUE Yasushi, Japan
through THE SAKAI AGENCY and BEIJING KAREKA CONSULTATION CENTER.
Simplified Chinese translation copyright © 2020 by Chongqing Publishing House Co., Ltd.
All rights reserved.

版贸核渝字（2020）第068号

图书在版编目（CIP）数据

日本纪行 /［日］井上靖著；郭娜译 . —重庆：重庆出版社，2021.1
ISBN 978-7-229-15237-6

Ⅰ.①日… Ⅱ.①井… ②郭… Ⅲ.①游记—作品集—日本—现代 Ⅳ.① I313.65

中国版本图书馆 CIP 数据核字（2020）第 145335 号

日本纪行
RIBEN JIXING

［日］井上靖 著　郭娜 译
责任编辑：魏雯　许宁
装帧设计：谢颖设计工作室
责任校对：刘小燕

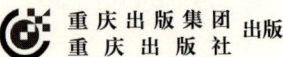
重庆出版集团
重庆出版社　出版

重庆市南岸区南滨路162号1幢 邮政编码：400061 http://www.cqph.com
重庆出版社艺术设计有限公司 制版
成都国图广告印务有限公司 印刷
重庆出版集团图书发行有限公司 发行
E-mail:fxchu@cqph.com　邮购电话：023-61520646
全国新华书店经销

开本：890mm×1230mm　1/32　印张：8.75　字数：162千
2021年1月第1版　2021年1月第1次印刷
ISBN：978-7-229-15237-6
定价：59.80元

如有印装问题，请向本集团图书发行有限公司调换：023-61520678

版权所有　侵权必究

目录 / Contents

001　日本的风景

013　美丽的河

019　旅情·旅情·旅情

031　旅途与人生

039　平泉纪行

　　　藤原三代的黄金小匣/040
　　　日本人的木乃伊世纪/048
　　　藤原三代与汉代贵妇的遗体/060

073　穗高的月

079　在涸泽

091　穗高的月·喜马拉雅的月

099　大佐渡小佐渡

133　早春的伊豆·骏河

145　河的故事

149　早春的甲斐·信浓

153　京都之春

165	塔·樱·上醍醐
177	十一面观音之旅
189	法隆寺
201	汲水与我
217	沦陷南纪之海
221	佐多岬纪行——
	老去的站长与年轻的船长
258	译后记
261	附录　井上靖年谱

日本的风景

昭和四十年（1965年）、四十三年，我曾两次去俄罗斯旅行，分别待了一个半月，且每回都是挑五月至六月这个时节去，因为那时的西伯利亚、莫斯科、列宁格勒即将从漫长的冬季中解放出来，而南部的沙漠地带虽有些炎热，但离真正的酷暑尚有一些时日。俄罗斯实在是太大了，想要去这样的国家旅行，一年中的这个时节或许是最适合不过的了。

两次俄罗斯之行，我都在列宁格勒遇上了雪花飞舞的严寒天气。确实，春日的阳光虽已洒向大地，但冬天还留恋大地迟迟不肯离开，时不时还要露下脸。一路南行，经过乌兹别克斯坦、塔吉克斯坦、土库曼斯坦这些沙漠之国时，便感受到这里虽然尚未迎来真正的夏季，却已经比日本的盛夏还要热了。

昭和四十三年，我坐上了从莫斯科到西伯利亚的火车，八天八夜都浸润在西伯利亚单调的风景中。每天往车窗外望去，从早到晚看到的只有野生白桦林。火车每三四个小时停靠一次站点，我每每走下车来到站台，那里的阳光总让我感到春天在向我靠近，可空气却还似隆冬时分那般寒冷。

从俄罗斯旅行归来后，总会深切地感受到仿佛从一个季节乱七八糟的国家回到一个季节如按精确刻度井然变换的国家。日本正值六月末，梅雨季还没结束，大片大片的天空阴沉沉的。每日里雨下下停停，院子里紫阳花那淡紫色的花色在湿润的空气中一日浓过一日，年年如此。

　　从国外旅行归来后，我总是无所事事地在东京待上半个月，然后再踏上下一段旅程。两次从俄罗斯归来后，我第一次去了京都和奈良，第二次去了北陆。那是因为我实在太想回归到日本的大自然中了。不管去到哪里，虽季节的到来有早有晚，但梅雨季就只是梅雨季，不会再有别的什么。只待梅雨停下，后面恭候的就是初夏。不久后，梅雨结束，初夏来临。夏日的天空、夏日的山、夏日的草，大自然焕然一新。日子也变得昼长夜短。初夏一点一点地过去，盛夏、土用①、大暑渐次而来，这变换的节奏精确得令人惊叹。

　　昭和四十年、四十三年的两次俄罗斯之行后，我才真正体会到还是日本的夏天好。从初夏到盛夏，这季节的流转是多么规律啊，而所有的风景也随之以一种令人难以察觉的方式，日复一日地变换着自己的模样。

　　前年（1971年）九月至十二月，我去了阿富汗、印度、尼泊尔一带的山区旅行。那时，阿富汗北部的草原已经完全变成了灰色，大大小小的游牧民集团昼夜不分地行进在那全无色彩点缀的枯草原上，朝着巴基斯坦迁移。兴都库什山脉中的各个村落，还有首都喀布尔已两年没下过雨，干燥极

---

①入伏，特指入伏前18天最热的时期。

了。在尼泊尔，我们二十五人组成一个团队，从加德满都乘坐小型飞机飞到了海拔4000米的珠穆朗玛峰麓①。一路上，我们经过了楠切巴扎、昆均，还有因能干的夏尔巴人而闻名的赫尔谢村落。这些村子里必然会看到垒起来的石头堆，这些石头被称为"浮屠"，堆起来的"浮屠"实则是喇嘛教的塔。每家每户都无一例外地在屋顶上竖起了喇嘛教的经幡，名曰风马旗。"浮屠"护佑着村落，风马旗护佑着村落里的人家。也不知是谁刻的，路边的一些大石头上也刻上了喇嘛教的经文，还有桥畔也堆着小浮屠塔，立着风马旗。珠穆朗玛群峰、都得科西河、断崖、岩石，在这里，仿佛整个大自然都成了人们生存下去的敌人。被无数敌人包围着的喜马拉雅山民日日夜夜在祈祷中度过，祈祷灾害不要降临。

　　从那样一个地方回到日本已是十月中旬。日本人与阿富汗的游牧民还有喜马拉雅山的山民不同，他们被美丽的大自然所包围，生活在大自然的恩泽之中，既没有人会为了牧草而集体迁移，也没有人会日日向着浮屠塔与风马旗祝祷平安。这里既没有危及生命的山，也没有危及生命的河。

　　回国半个月后，我回故乡伊豆探亲，那里的秋天真是秋高气爽啊。待在伊豆的十多天里，秋色如同微小的颗粒在流淌一般，渐渐浓郁起来。伊豆的山、伊豆的原野就是秋之

---

①指珠穆朗玛峰南坡尼泊尔一侧。

山、秋之原野。秋色、秋意这些词，没有比用在此时更贴切的了。白天，秋风吹过天城街道，傍晚，北边的天空飞过一群候鸟。晚上，清澈的夜空镶嵌着星星，闪烁出这个季节独有的清冷光芒。

从伊豆回来后，我马不停蹄地赶往轻井泽小别墅的工作室。院子里的萩花开得正盛，落叶树的红叶鲜艳得像要燃烧起来，不经意瞧上一眼，瞅见叶子零零星星地正飘落下来，真正是"枫叶荻花秋瑟瑟"啊！这时的浅间山也与夏日不同，山岩就像被清水洗过一样。到了夜晚，野分①呼啸而过。我每日穿行在轻井泽的落叶松林间，从未感到过厌倦。不管是伊豆还是轻井泽，日本的秋天都那么美，让映入眼帘的风景都有了滋润的光泽。不知是否是因为不久前的那场异国之旅，那感觉就像身心都彻底浸润在了日本之秋这一季节的显像液中。

大约在十二三年前某年的七月到九月，我去了欧洲旅行，然后又绕到美国，于十一月末回了国。我在罗马度过了夏天，在巴黎度过了整个秋天。回到日本，才刚卸下行装，就到了十二月。我又去了京都与奈良，本是抱着再看看古寺与佛像的心情去的，却被京都与奈良从初冬进入寒冬的景象所打动。那是一种萧条的美。郊外荒凉一片，下过了冬季的

---

①秋末到初冬的大风。

第一场阵雨,已经凋零的光秃秃的树木美得好像在说,这才是真正的日本啊!

大和川与木津川都变成了冬天的模样。叡山、生驹山,还有吉野山到了冬天也沉寂起来,变得仿佛难以接近。日历上已换成"师走①"那一页,马上就要迎接软雹、雨夹雪,还有呼啸的寒风了吧。在这时光的流逝中,人们的生活也渐渐因为年末的到来而陷入慌乱之中。不久,第一场雪、第一次结冰、三九天的酷寒接踵而至,寒气愈加逼人。所有能看到的风景都染上了冬天的气息。真是令人感慨的关西之旅啊!

我从未在春天结束国外的旅行回到日本。我多想有一回在早春时分回到日本,可至今都尚未实现。或许只有这个时节的归国才能最深切地感受到日本大自然的美吧。从早春走入春季,这短暂的时光是大自然最微妙的季节,是以日本独特的节奏变幻的季节。日历上终于迎来"立春",似乎让人感到春天就这样悄然而至了,但其实离真正的春天还早得很呢。寒气仍然留恋大地不肯离开,这就是所谓的"余寒"吧。这"余寒"不知何时又化为了"春寒",不是其他的什么季节的寒气,而是春天的寒气。春雨、春雪、薄雪、雨夹雪,经历了这种种之后,终于迎来了桃李的季节。待到梅花绽放,梅花凋零,这才真正开启了春天的舞台。从此,拂晓

---

①腊月,阴历十二月的异名。

是春晓，白昼是春昼，初更是一刻千金的春宵。原野上冒出太阳的热气，山野在春天的雾霭中焕然一新。樱花一开，春天的大风也跟着吹过来了，仿佛就是为了吹散那樱花而来。樱花飞舞，春意正浓。那之后，春天便开始一日一日离我们远去，走向伤感的晚春。而在不远的前方，新绿的季节好像已经等不及了似的，开始迫不及待地露出自己的真容。

从五十年代开始，我就觉得日本的风景一定比世界上任何一个国家都要美。那之前，从小生长在日本的我对这个国家四季的风景无甚关心，樱花开了就是樱花开了，枫叶红了就是枫叶红了，偶尔也会觉得确实挺美的，但仅仅如此而已，从未觉得有什么特别值得欣赏的。

可到了五十年代，却突然发现日本的风景是那么特别。年过花甲，竟对花开花谢、对身边的景物都愈发珍惜起来。这是只有这个季节才有的啊，虽然嘴上这么说听起来像是感悟到了什么，其实并非是我领悟到了什么，或许是年纪大了吧，抑或是多了些不用写小说的闲暇时光，自然对外面的景色看得多了起来。画家、摄影师，还有和歌诗人与俳句诗人，他们对日本的风景总有一双敏锐的眼睛，虽然晚了一些，可我也开始慢慢拥有这样一双眼睛了。

日本的风景是美的。世界上的国家都有各自独特的美景。但日本的风景有一种高级的美,这种美在世界上任何一个国家都是没有的,它只存在于日本这片土地上。这种美不言而喻,就是春夏秋冬毫无差错的循环往复。一年四季各自坚守着自己的出场顺序与等待时间,年年一丝不苟地来来回回。就像前面说过的那样,从春到夏,从夏到秋,从秋到冬,再从冬到春,它们的变换如此准确,就好像严守着非常精密的刻度一般。随着季节的变换,山野、河流、天空、草木、风雨,整个大自然,就连空气也随之时时变换着自己的表情与模样。

去西班牙的时候,就觉得人为的、充满艺术气息的庭院很美。以至于在后来的一段时间里,我觉得庭院就得像这样经过人为的修饰与打造才好,反而日本的庭院整个看起来就像没人打理似的杂乱。但如今,我的想法变了。西班牙庭院的美仅仅是一种摆设的美,看不到四季变换的风景。日本的庭院却能让我感受到四季充满生命力的律动。大自然是千变万化的,庭院就是大自然的浓缩,除此之外再无其他了吧。桂离宫就蕴含着如此四季万象的生命。并非只有放置在院子里的树木和石头才撑起了庭院的生命。雨、雪、风、朝阳、夕照,在构建庭院之美的过程中,每一份子都是参与者。将自然的一部分自然地修饰到庭院中去,这才是日本庭院。现在的欧洲与美国也开始关注并模仿日本庭院的式样，但日式庭院就是日式庭院，它成不了日本庭院，因为离开了日本那方水土，就再也无法成为日本的庭院。

曾有外国人让我说出几处日本的春景来，我当时就脱口而出，有春寒中的伊豆群山、薄雪纷飞的琵琶湖畔、早春桃李时节的甲斐与信浓、春昼下的京都街市、春日里的奈良、吉野的樱花。

不过，顺口说出的这些只是一时浮现在脑子里的，若再细想，或许还能列出许多完全不一样的春景吧。要是让一百个画家、一百个摄影师都来说的话，估计人人说的都不同吧。

夏天也是如此。我喜欢被一层厚厚的新绿覆盖的五月山。无关地方，只是喜欢被五月的绵绵梅雨染上浓浓水汽的山，那里面藏着弥漫的热气。只有日本的山才是这样的吧。我也喜欢这个季节的河，不一定是芭蕉诗中最上游的河，我只是喜欢芭蕉在诗歌里吟唱的五月雨，落到河里又随之流走。千曲川也好，天龙川也好，被夏草覆盖的原野也罢，我都好喜欢。

若要我说出几处秋景的话，就是每日刮过好几次大风的中国山脉①、立秋时的北陆街巷、晚秋的能登半岛、濑户内海和鹿儿岛一带。

若是冬天,那就是下北半岛笼罩在暴风雪中的罗汉柏原始森林、身披初雪的富士山、早春初次散发出暖意的东北山村、隆冬时分的法隆寺一带、枯朽山阴后的那一片山野。

但如果要这样算的话,不管列出多少,总会觉得是不是漏了真正重要的那一处呢。每个季节中瞬间打动人心的风景,或许都是一次偶遇吧。这也是日本风景的独特之处。已经记不清是春还是夏了,有一次掌灯时分,我走在飞鸟的村落里,那景致真是美啊。还有一次,梅花绽放的时候,我走在伊豆的山村里,农家后院有一两株梅树,正开着白色小花,它们看起来是那么和谐,这种和谐深深吸引着我,不禁让我感叹,这才是日本的风景啊。

最近不太出远门了,但直到四五年前,我还是会经常去看海。日本本就是由南北向的几个岛屿排列组成的国家。幸而如此,能让我看到许多不同的海。日本海、太平洋、濑户内海、津轻海峡,还有北海道的海、九州的海,它们涨潮的

---

①中国地方是日本的一个区域概念,位于日本本州岛西部,由鸟取县、岛根县、冈山县、广岛县、山口县5个县组成。中国山脉指中国地方的山地地区,主要包括冠山、大山、三瓶山等主脉。

样子都各有不同。即便同属太平洋，在宫古附近看到的海，在下田看到的海，在熊野看到的海都是不同的。日本海亦是如此，列岛南北的日本海就完全不同。佐渡的海、玄界滩、北海道漂着流冰的海，说到海，恐怕没有比日本更丰富的国家了。每片大海，都在向我们诉说着它们各自在四季中的潮水颜色还有涨潮时的样子。

（《日本的四季》每日新闻社，1973年）

美丽的河

从幼年到少年，我一直都坚信故乡伊豆的狩野川是日本最美的河。我的少年时代是在它上游的一个村庄里度过的，而中学时代是在它的河口沼津度过的。还是中学生的时候，我从沼津的御成桥上眺望狩野川，它就像一条汹涌澎湃的大河。尤其到了春天，当两岸的青草冒出新芽时，狩野川就会变得特别美。每当这个时候，心中总会应景地响起那句校歌"在那缓缓流淌着的狩野川边啊"。

　　去了金泽的高中后，日本最美的河就从狩野川变成了犀川。犀川比狩野川还要大，还有狩野川没有的白色河滩。我寄宿在犀川边，每天走过犀川边的步道，再跨过犀川上两座大桥中的任意一座，往返于学校。犀川每个季节有每个季节的美。到了秋天，骄阳留在河滩上的那股灼热挥散而去，到了冬天，犀川就像从大雪覆盖的白色山岩上流淌下来的河，水色青黑，似乎从一抹泡沫中就能感受到它的肃穆。从春到夏，都能听到犀川的流水声，我想，用"淙淙"之音来形容如此悦耳动听的河流之声是再贴切不过的了。

　　我的大学时代是在九州福冈和京都度过的。在福冈的日子我爱着筑后川，比狩野川更爱，比犀川更爱。

　　不止一两次了，本是拿着笔记本出门听讲义的，却因为忽然想看一眼筑后川而登上去久留米的列车。在久留米看到的筑后川处处有水闸，河水从容地流淌着。

从少年时代到青年时代，曾有多少东西随着这三条河流走啊。年轻时的感伤、梦想、希望，都以最纯粹的形式随之流走了。

在京都的大学时代，我与河的缘分浅薄起来。虽然加茂川有着它独有的女性般的柔美，我却无法再被它吸引。偶尔在加茂川边散步，也从没有一刻为之失神。加茂川是加茂川，我是我。

步入社会以后，我也看过不少的河，虽已没了年少时的那种感动，但也遇到过几处觉得很美的河。我写下对这些河的感悟，大约四年前（1955年）在月刊《世界》上发表了小说《河的故事》。我把这些年看到的河都写进了我的小说里，还对它们评头论足一番，真是一件乐事。

在《河的故事》里，笔墨最多的是信浓川，因为对信浓川最为熟悉。这条从长野县流向新潟县的河既没有流经自己的故乡，我也没在这里生活过，却说它是最熟悉的，或许有些奇怪，但一切皆因取材自战国时代的几部小说。

小说里的主人公都是骑马，而我大抵是开车，大致弄清了信浓川那如同茂盛的枝叶般分布的河道。千曲川、犀川这两大分支自不必说，像依田川、梓川、高濑川、鹿岛川这样的支流，我也尽数去转了转。不过，其中的依田川与梓川是在《河的故事》成书以后才知晓的。多亏了《冰壁》,我既见到了梓川安静时的模样,也见识到了它波涛汹涌的一面。梓川安静的时候,白色河滩从上高地绵延至横尾的交汇之处,那种雅致真是一等一的美。去年除夕,我与新潮社的丸山泰治沿着依田川在大雪中逆流而行数个小时,从依田川与千曲川的交汇处一直走到和田峠的源头。

《河的故事》里,除了信浓川,还有流入太平洋的大井川、富士川、天龙川,流入日本海的金泽犀川,以及北海道的天盐川、空知川,九州的远贺川、筑后川及筑后川的支流三隅川等等。在《河的故事》之后,我又认识了许多新的河流。

前一阵子,在去秩父的途中路经荒川上游。从熊谷到秩父,荒川流经深深的山涧。我沿着荒川急行,那种压迫感并非来自两边的山峰,而是在山涧中如深深凹陷进去的河流两岸,那葱郁苍翠的树木仿佛筑起了一排边檐,看起来是那么威风凛凛。

荒川的源头本在甲武信岳,这里除了流经的荒川之外,流入日本海的千曲川、流入太平洋的富士川支流笛吹川也都发源于此。一条大河流出三条分支,我早就想来这里看看了。

从饭田到下游,独特的"天龙奔流"拍打着岩石,天龙川的这景象我早已看过好几回了。但从诹访湖的引水口至饭田的这一段天龙川，今年还是第一次看到，上游静静地流淌在平原中，那宁静让人无法想象这就是天龙川。

大概是去年了吧，有一次，我从岚山沿着濑田川一直到了琵琶湖。那一回，我第一次见识到了濑田川的美。

之前说的信浓川，从河的源头到河口，我大致都是了解的。前年（1957年）去中国旅行的时候，我从飞机上一直俯瞰了珠江数个小时。飞机自飞出了南昌后，下方便是一片繁茂的森林与山岳地带，这景象大约持续了三四十分钟，忽然就从山脚后现出一条白色的河来，那就是珠江的上游。从这之后，蜿蜒连绵的珠江流淌在如同浸润在水中的南部大平原中，我看着它，怎么也看不厌。

航拍下的天龙川，像是用锁链串起来的河，险峻且昏暗。而中国的大河如同汪洋一般，感觉怎么也抓不住似的。江面处处漂着帆船，我打一个盹起来，再打一个盹起来，还是能在平原的某处看到珠江的一角。

在中国，我又见到了数段长江，那里的河口已然是大海的模样，已经不能称其为河了吧。但在中游的汉口一带，不论再宽再大，河还是河的感觉。与其说那是黄浊的水流，莫不如说那是奔流的力量，大自然正营造着一项怎样了不起的大工程啊。

我年少心目中日本最美的狩野川在去年（1958年）发了狂，吞噬了近千人的性命。如今我站在狩野川边，连它的样子都觉得全然不同了，曾如女性般温柔的一条河，现在变得似男性般狂野。

只是现在，许多住在狩野河畔的少年，依旧坚信狩野川是日本最美的河。河，对于少年来说，莫名的珍贵，任其他任何东西都无法取代。

（《世界之旅 日本之旅》修道社，1959年）

旅情・旅情・旅情

这十年来，我每年都会腾出一两个月的时间去国外旅行。于是，我在旅行前和旅行后的一个月里都会变得异常忙碌。不过这样一来，当我踏上旅途，便彻底从工作与家庭的琐事中解放出来。从羽田机场起飞的那一刹那开始，我不过只是一名旅行者，既不再是作家，也不再是家族里的某个人。我，成了一名旅行者，身边流淌的时光仿佛都与从前不同了。一想到即将踏上旅途，放松的心情有了些许快感，什么都不用管，什么都不用想，从此都是别人的事儿了。平日里本不怎么坐飞机，可出国旅行就无从选择了，自始至终只能听天由命地将性命托付给飞机。工作上也是如此，就算自己的作品在此时此刻出了任何问题，那也是鞭长莫及了。找不到原稿也好，发现什么错漏也罢，作为当事人的我早已飞向遥远的天空。还有家里的琐事，一切只能听之任之了。

人很难让自己处于不用背负责任的立场。可有个例外，那就是出国旅行。不管是否出于本意，一旦踏上海外的旅途就不得不卸下"责任"的重担，将一切托付于他人。许是这个缘故，会让人感到身边流淌的时光都与从前截然不同了。不光是海外旅行，国内旅行也是如此，虽有远近之别，但同海外旅行一样可以让人从一直以来的束缚中跳脱出来，并在旅行者心中种下一种解放感。所谓的"旅情"，不就是这种解放感和"与我无关"吗？

人在旅途，才有可能去发现，去感受，去思考。若被局限在东京的生活圈，就无法轻易去发现、感受与思考。这些本该属于作家的工作对我来说却不易做到。然而匪夷所思的是，当我从羽田机场登机的一瞬间，当我从东京站或上野站踏上列车的一瞬间，我开始去发现，去感受，去思考。当我成为一名旅行者，把自己从千篇一律的生活中解放出来，五感好像都恢复到本来的机能。旅行真是件好事情！

旅行中最重要的馈赠是旅情。如果只是为了穿越未知的风景、探索未知的事物，那旅行就不是什么大不了的事儿，也没有必要花费时间与金钱专门去旅行。既然踏上旅途，就得来一场值得回味的旅行。旅情，顾名思义就是旅途中的情怀。如果身在旅途，却没有深刻的感悟，那么如此旅行就实在算不上什么旅行了。

只是，旅情这东西总是难以捉摸。并非去了遥远的地方就一定能感知到旅情。我敢说，就算去了北极或太平洋上的孤岛，也未必能领悟到旅情。不管是多么人迹罕至的地方，抑或是风土人情多么迥异的他乡，去了之后或许会惊叹于来到了一个稀奇之地，但却不能把这种新奇感直接定义为旅情。

那么，旅情究竟为何物呢？在我看来，旅情是在旅途中邂逅不同的风景，进而感悟人生、思考人生时才会生出的情怀。并非去到遥远的地方就一定会生出这样的思绪。旅途中的情怀无法只从距离感中产生，它必须与人生的感悟紧紧相依。

可麻烦的是，旅情是强求不来的。不是我们去抓住它，而是它来靠近我们。它不是人为加工出来的，而是一种情不自禁。正因为如此，旅行才充满乐趣。那种乐趣是善变的上帝在一时兴起时才会赐予旅行者的吧。

六七岁时，我人生中第一次感知到了旅情。那还是不懂旅行为何物的年岁，仿佛是上帝的赏赐突然降临到年幼的我身上。

那个时候，我离家与祖母生活在老家伊豆的山村里。祖母有时会带我去沼津，并在那里住上一晚。现在从老家到沼津横竖不过一个小时的车程，可在大正初年仍是无法当天往返的遥远之地。从村里出发，得先坐马车摇上三四个时辰赶到大仁，再坐民营火车至三岛站，最后还得换乘东海线。那时的沼津对我来说简直就是遥远的异国他乡。

那晚，我与祖母宿在沼津站附近的旅馆里，初来大城市的我兴奋得久久无法入眠。好不容易渐渐睡去，却在夜里醒来好几次。每次醒来，我依偎在枕边听着火车的汽笛声和吞吐的蒸汽声，全身心地让自己沉醉在身处异乡的思绪里，如同浸润在旅情的显影液中。夜深了，我起身望向窗外，车站前的广场上一个人也没有，完全敞露在我眼前。夜虽深了，却丝毫没有一丝黯淡的感觉，我仿佛看到无眠的车站正指挥着熙来攘往的列车。这就是我记忆中最初的旅情。直至今日，我仍无法忘记那一夜的心境。沼津的那一夜对于年幼的我来说，无疑留下了刻骨铭心的印象。

小学二年级，我和祖母曾去过丰桥。那里是父母居住的地方，也是父亲的任地。那一晚袭来的旅情也深深地铭刻在我心底，至今无法忘却。抵达丰桥站时正值日暮时分，青白色的煤气灯点亮了街道。我与祖母坐着人力车穿行在街巷中。直到现在，我依然忘不了当时那座小城的景象。华灯初上，陌生的街巷弥漫着难以言喻的感伤。

从那以后，每每去到一个陌生的城市，当夜幕降临时，周围的一切都让我感到孤独。那一定是年少时在丰桥的感伤太过深刻所致。

中学四年级的暑假，我去了父亲的任地台北旅行。这次旅行是我人生中第一次真正意义上的旅行。当我登船时眺望神户港时，那景象让我领悟到了深刻的旅情。我登上这艘叫香港丸的蒸汽轮船，站在甲板上眺望神户港，看尽人世间的离合悲欢，无限感慨充斥胸间。

时至今日，我早已对此次的海上之行，以及对台北这个城市的印象变得模糊不清。唯独从香港丸的甲板上看到的神户港，依旧如生动的画笔一般一遍一遍在我心里描绘着，那景象鲜明地像是巴黎印象派美术馆中陈列的一幅风景画。

我在金泽念高中的时候，有几次从米原站乘坐北陆线的经历。有一次正遇上飘雪的天气，我把身体包裹在斗篷里，尽管在寒意中冻得瑟瑟发抖，却一直盯着窗外的雪景看入了迷。过了鲭江站快到大土吕站的时候，在大雪覆盖的田圃一角，我瞥见一位农夫正在锄地。此情此景，让我不由得将这一幕与北国的大自然以及生活在那里的人们紧紧联系到一起，一股强烈的感动涌上心间，

大土吕与鲭江之间的雪原上，犁田的人啊。

我第一次把自己的心绪写成了短歌。说是歌谣，却着实朴实了些，也不成体裁。歌谣中无法表达的深深感动，总是伴随这首短歌被唤醒，反而让我更加忘不了这歌谣了。或许这就是我至今还记得这首短歌的原因吧。我仿佛被一幅肃穆的、虔诚的、恪守信仰的风景画摄去了魂魄。这是我在北国生活的三年里，感悟到的最为深刻的旅情。

青春总是容易被打动，就像敏锐的共鸣板。若是在这样的青春时代多出去走走，一定收获良多吧。可惜的是，我在

那个年代竟没有一次像样的旅行。虽不宽裕，但至少旅费还是不成问题的。这不是钱的问题，是我自己从未有过旅行的念头。自小生活在北国阴沉天空下的我，到了南方已觉十分惬意。所谓的旅行不过是寒暑假回老家探个亲罢了，从此便哪儿也不再去了。

不只高中时代，我的大学时代也是如此。大学最初在福冈的九州大学文学系，之后辗转到了京都大学文学系。在倍加漫长的大学生活里，我最终也没有一次像样的旅行。可我却因为没出去旅行，反而被游记里所写的趣事所吸引。那时，只要得到一本游记，我便迫不及待地读起来。成为作家后，多半也是因为这些游记的影响，我不但写出了以西域为背景的小说，还去了中亚旅行。

大学毕业后，我进入大阪新闻社工作。就在那年，我收到了征兵令。于是，我又重新作为一名军人登上了开往中国的运输船。①这一趟军队之旅竟有几回让我感触颇深。当然，这次是去打仗的，每天都在行军当中度过，即便如此，我也在行军中邂逅数次旅情。

横渡中国北部的永定河时，我看着被落日染红的波纹，

---

①1937年9月井上靖应召入伍，被迫参加侵华战争，作为辎重兵派往中国北部。两个月后因病住进野战医院，并被遣送回国，次年3月提前退伍。这段从军经历让井上靖思考战争带来的痛苦，并一生致力于中日友好和反战。

心中被这世间美好的一幕所打动。连续数日奔波的强行军，已到每走一步都是极限的状态。可那时的我真心觉得这就是我人生中见过的最美丽的风景。我在心中恋慕着那道美景朝前走去，蹚过永定河，仿佛来到一个遥远的地方。每天陆续有军团渡过这条河，我想，那些渡河的人中有的再也回不去了吧。河里的水纹映着落日余晖，折射出摇曳的波光，真是这世上最妖艳的美啊！

人们总以为出国去旅行，只要踏上风土人情迥异的土地，就能尽情享受旅情，可实际上未必如此。人总是在学着习惯，不管走到哪里，很快便能适应那片土地上的风光与人情。那样的旅行虽领略了异域风情，却少有机会能够彻底将自己浸润到旅情这一显像液中。

罗马举办奥运会的时候，我在那里待了一个半月。闭幕式的那天晚上，我在罗马第一次感受到了旅情。游客接连散去，突然闲下来的罗马笼罩在瑟瑟秋寒之中，而在这之前，我竟丝毫没有察觉到这秋寒。闭幕式一结束，这里的大街小巷便遭遇了一场暴风雨的洗礼。这边雷雨才刚消停，那边不知是哪里又着了火，处处听见消防车喧闹的警报声。

那晚，我与新闻社的朋友们漫步在雨后的大街上。那是我第一次感受到，这里是罗马，而不是罗马以外的任何地方，我方才意识到自己正走在罗马的秋夜之中。在罗马生活了一个半月，第一次发现罗马是罗马。可到了第二天，一切又恢复如初，罗马又变得不像是罗马了。虽难以理解，但我想，那仅有一夜的旅情或许就是上帝赐予我的馈赠吧。

年少时，我一直憧憬着中亚的撒马尔罕、布哈拉那样的沙漠古城。不知是不是期望过高的缘故，当有一天真的踏上那片黄土时，反而没了如愿以偿的感觉。尽管当时映入眼帘的一切对我来说都那么新奇，可从这些街景中感悟到旅情，要等到从俄罗斯归来以后了。那时，我静静地待在东京家中的书斋里，透过书斋的窗户可以瞧见花坛，花坛里的玫瑰花枝乱颤，只是那花坛倒是废弃已久的感觉，仿佛主人已离开许久。

我看着花坛里的玫瑰花，忽而想起撒马尔罕、布哈拉的大街小巷里高高盛放的玫瑰花，就在那个瞬间我被深深地打动了。撒马尔罕、布哈拉沙漠之城的景象又鲜明地勾勒在我脑海里。那里的大街上应该还簇拥着许多混血儿，而正在遭受侵蚀的那些石造建筑也正沐浴在强烈的日光下吧。回到东京，我才初次对撒马尔罕、布哈拉生出旅情来。自古以来几经兴衰的沙漠之城，反而只有远离它才能让我更亲近地感受到它的孤独。旅情真是难以捉摸。

中国之旅中，让我感悟到旅情的，是在扬州城的那个黄

027

昏，当我站在大运河岸边的时刻。大运河曾连接起古黄河与长江，而扬州城正依河而立。如今已经没有大运河了，扬州城里只留下数段它的遗址。说是运河，早已不见人工的痕迹，完全变成了一条天然的河流。站在河边的某处，一股思绪向我袭来，那就是旅情。或许是夜幕降临时，黯淡的河面折射出来的光总让人觉得孤独吧。我在那时忽然意识到这曾经是一条人工河。这条河所经历过的历史与岁月都摇曳在这波光中。我竟被这无法释怀的落寞思绪所牵动。

"扬州这座城真是不错。"

我常常对别人这样说起。说这话的时候，我仿佛又沉浸到扬州运河那独有的波光中。其实旅情的调子中也有欢快的。在塔什干，我去过人造湖的湖水浴场。那是一个很大的湖，湖中有岛，还有轮船驶过。岛因成群的候鸟而出名。那湖畔的浴场与镰仓、逗子的海水浴场别无二致。沙滩上处处撑着遮阳篷，穿着比基尼的年轻女孩戴着墨镜在沙滩上或躺或趴，其中一群人还带着便携式留声机。男孩们三三两两地在水边走着跑着，到处洋溢着欢快的气氛。唯一不同的是，在这里，乌兹别克斯坦人、塔吉克人、俄罗斯人，黑皮肤白皮肤交织在一起，夹杂着多种不同的语言。

我们参观了人造湖的湖水浴场。这次观光用"参观"二字来形容再贴切不过了。湖水浴场洋溢着人为的欢乐与明快，那么纯粹，不掺杂一丝杂质。在这里，我第一次触碰到塔什干城的性格。我在俄罗斯见过阿穆尔河的浴场，也见过涅瓦河的浴场。但这沙漠之城的人造湖浴场充满生气，是最欢快活泼的了。从某种意义上来讲，这或许是我在异国他乡所见到过的最欢乐的一幕了。

"塔什干是一座快乐的城市，快乐得不得了呢。"

每逢对别人说起这个，大抵都是因为我忆起了人造湖浴场里的欢快时光。那一刻，塔什干的街道弥漫着尘世间的烟火气息，甚至连塔什干入夜后的喧嚣也充满了世俗的烟火气。

旅行随笔或游记的乐趣就在于不知何处藏着旅情。有的将旅情写得明明白白，有的却写得隐晦，不愿让人察觉。不管怎样，跟旅行有关的文章，最终令其成文的一定是旅情。只是，人有不同，旅情也以不同的形式存在着。

我说过我在学生时代的某个时期如饥似渴地读着游记，直到现在我依然爱读。这或许是因为，人没有在比写游记时更真诚的时刻了。

(《旅之心》主妇之友社，1969年)

旅途与人生

人到中年以前,我几乎没出去旅行过。不管是学生时代还是记者时代,那会儿若想旅行,机会有的是,但总觉舟车劳顿去个完全陌生的地方太过麻烦,不如窝在家里看书更自在。

自从以文笔为业后,我便陷入了应接不暇的忙碌中,可旅行反倒成了生活的一部分。为了小说的素材自然得四处走访,可即便不为这个,我也涌出一种强烈的渴望,渴望将自己置身于未知的风景中。取材旅行严格来讲不算旅行。漫无目的地踏上一片未知的土地,亲近那里的风景,感受那种难以言喻的快乐,只有这样的旅行才是真正的旅行。旅行的目的只是旅行,如果不是这样的旅行,那就算不得旅行。人到中年,每日为了工作疲于奔命的我反而开始腾出时间去尝试真正的旅行。

登山也好,出国旅行也罢,这些都是步入中年之后才开始尝试的事。这十年来,我每年总会想方设法腾出一两个月的时间去海外旅行。中国与意大利各去了三次,欧洲去了一次,俄罗斯如果算上这次(1968年)就是两次。三次去中国是因为喜欢中国各地的不同风光。两次去俄罗斯是因为被中亚的少数民族国家和西伯利亚的景致所吸引。

时至今日,我多少有些后悔年少时没出去旅行。如果我早些体会到旅行的快感与乐趣,我的人生是不是从此就会大大地不同呢？为年纪所累，我已无法经受过于劳顿的旅行，所以更加向往轻松自在的旅行了。若我还年轻，一定想去哪儿就去哪儿，旅行的真正乐趣不就在此吗？若山牧水在《木枯纪行》中写出了旅行的乐趣，那是一场他所谓"天衣无缝"的旅行。不过就因为若山牧水刚年满三十，方才实现了那样随心所欲的旅行吧。浦松佐美太郎在《一个人的山》中道出了登山的真正乐趣，能在国外悠然自得地享受登山的乐趣，也不过是因为他还年轻吧。

我的青春终与旅行无缘，于是我努力劝说我的孩子们去旅行。男孩儿们就让他们去登山、去滑雪，女孩儿们让她们在学生时代就加入旅行社团。所以，他们亲近大自然、深谙旅行的快乐，这些都是年轻时候的我无法企及的。

旅行的好处不胜枚举，亲近未知的大自然、融入到陌生的风土人情中……。虽列出这许多，可若让我只说出旅行的一个好处来，我会毫不犹豫地说那就是能让我一个人待着。想要一个人待着，最省事的办法就是出去旅行，然后从千篇一律的生活中跳脱出来，让自己去感受不同于往日的时光在身边流淌。我将自己浸润在未知的风土人情中，一步一步勇往直前。无论何时，旅人都只是形单影只的一个人。于是，在平日案牍劳形的生活中决计萌生不出的念头会悄然走进旅人的心里，会想起小学老师，连许久未见的表哥也似乎近在眼前了。原本这些才是人生中最为贵重之物，然而现在，倘若不出去旅行，是决计无法在生活中捕捉到它们的。

只有独自待着的时候才会去认真地思考人性。思考，对于小说家的我来说弥足珍贵，只是东京的生活已让我失去了思考的时间。即使有那样的时间，想的也只有眼前亟待解决的问题，思考成了工作的一部分。真正的思考或许并非如此，那应该跟工作毫无关系。换言之，不是不得不为之的思考，而是如同天马行空般去追寻自己的内心，是更为自在的思考。而现在似乎只有在旅途之中才能拥有这样的时光，在国外酒店的窗边，在国外餐厅的露台，或许只在这样奢侈的时刻它才会降临了。不过，许是有了思考的闲暇，出国旅行的人大抵摇身一变都成了爱国者。

我一旅行就会开始写日记，现在恐怕也只有在旅行时才会坚持年少时留下的这个习惯了。平日不再写日记是觉得自己没什么可写在日记里的，而写下旅行日记是因为旅行让我有了值得记录的人与事。不管对谁而言，旅行日记多多少少是一项需要忍耐和努力的工作，可不论多辛苦我都要去做。如果你觉得有相机里的胶卷就万事大吉，那就大错特错了，这些人与事是要保存到内心胶卷里去的。可棘手的是，随着时间的流逝，保存在心灵胶卷里的影像开始模糊，渐渐消失得无影无踪。所以，终究还是得写下来啊！日记就如同心灵胶卷的显影液，想必佐藤春夫的名作《鹭江的月明》，也是诞生在他细腻的笔记之上。或许有人会想，旅行的时候便不再是什么小说家，亦无须再记笔记、写日记了。但至少人在旅途之时，我仍想把写日记的习惯寻回来，就算只是为了整理旅情，也不失为一件乐事。

人到中年，我才爱上旅行。不过，有的人却终其一生都讨厌旅行，这简直就是他们的一大损失，让我觉得他们委实可怜。话虽如此，唯有旅行的喜悦与快意，没体会过的人是无法领会的吧。

有的人不喜旅行，却爱读游记与纪行。他们宅在家中，看着别人写的游记，仿佛自己也身在旅途，享受着旅行的喜悦与欢愉。所以，这旅行他们究竟是喜欢还是不喜欢呢，着实让人摸不着头绪，而这样的"书斋派"竟意外的多。与我亲近的朋友中也有这样一位绝对的书斋派，见我频繁出游，有好几次他用不屑的口吻对我说，

"又要出远门啦？真是不辞辛劳啊！"

于是，我们俩便总为这事儿争执起来，

"总之，不亲自踏上那片土地，不亲眼看见那些风光，谁知道是好是坏呢。"

"说真的，不管怎么说，你知晓的就只有你去过的地方。

即便每年出行,你踏足过的地方也不过是这广阔世界的一星半点而已,而你的旅途充其量就是把这些点连起来的一条线罢了。为了这一条线的旅行,你耗费了大量的资源,就像时间与金钱。况且,去陌生的地方总会遇到不顺心的事,还得忍受旅途中的不自由。"

"遭遇不顺,忍受不自由,这些都是旅途中必须要经历的,正是旅行的乐趣所在。"

"强词夺理!非得经历旅行的辛劳才能体会到旅行的乐趣吗?还真是可怜啊。真真是精神主义旅行家!我在书斋品着咖啡,就可以去到伦敦,登上喜马拉雅山,漫步在丝绸之路上。我既可以是现代人,也可以是一个世纪前的旅行家。"

"那你知道撒马尔罕那片土地上的颜色吗?你只会说撒马尔罕、撒马尔罕,可你根本没去过。而我的足迹留在了那片土地上,我看到了它的色彩。"

"土地的色彩?!好吧,就算你知道那土地的颜色,可你知道的那些在撒马尔罕漫长的历史中显得毫无意义。那里曾被人类的鲜血染红,如果你读过阿明纽斯·范伯利[1]的游记,你就知道那里的土地是灰色的。如果你读过长春真人的游记,你就知道那里是没有色彩的一片蒙蒙沙尘。"

---

[1] 犹太人,是匈牙利研究东方的学者,著有《中亚的冒险》(1962年)、《波斯放浪记》(1965年)等书。

再这样下去，这辩论怕是没完没了了，实践派的我只能妥协了。我并不认同书斋一派的作风，可他们自有他们的道理，无法全盘否定。仔细想想，我身上未必没有书斋派的影子。喜欢旅行的人通常也爱看游记，读纪行，也因此体验到成倍的旅行快感。如此想来，多少得向书斋派的对手作出一些让步才好。唯独困扰我的是他们的眼中只有他们，容不下其他。我要如是说的话，免不了又得跟我的朋友陷入一场无止境的交锋之中了吧。还是就此作罢吧！

（《生活之书8 旅途与人生》文艺春秋，1968年）

平泉纪行

藤原三代①的黄金小匣

虽已多次去过东北,但这回(1972年)还是头一次踏足平泉之地。昭和二十四年、昭和二十五年,刚开始写小说的时候,我就憧憬过藤原三代并想把他们的故事写下来,毕竟他们曾在十二世纪称霸整个奥羽,并以平泉为中心创造出了绚烂的黄金文化。

然而到今天留存于世的只剩金色堂②了,竟让我对藤原三代的一切憧憬与幻想变得无处可依。许是这个缘故,追寻藤原三代反倒变得妙趣横生。只因那里面不仅藏着藤原一族的血统秘密,由他们一手所创的黄金文化也留下了许多未解的谜团。藤原三代本身就是谜一样的存在,走进他们的世界

---

①奥州藤原氏是平安末期,藤原北家旁系的一支豪族。1087年至1189年,奥州藤原氏清衡、清衡之子基衡以及基衡之子秀衡三代以平泉(今岩手县南部)为根据地,掌握了包含出羽(今山形、秋田二县)在内的日本陆奥地区(今东北地方)的管领权,后被源赖朝所灭。

②特指中尊寺金色堂。中尊寺由藤原清衡始建于长治二年(1105年)。其中,金色堂系清衡为自身所建的葬堂,安置有藤原三代的肉身像。

不失为一件趣事吧。

正好那时，朝日新闻社要展开中尊寺的学术调查。遣往平泉的一流学者中，大佛次郎的大名也赫然在列，这位特立独行的人物是这次学术调查的委员之一。见状我只能默默收回自己的企划书，已非我辈该出现的场合了。

那之后，报纸上连载了学术调查的成果，还附有照片，照片上是飘雪时节笼罩在大雪中的金色堂。金色堂内的金棺里保存着三具遗体，长谷部言人、古畑种基、大贺一郎、石田茂作、朝比奈贞一，以及其他各界权威各自从专业的角度对这三具遗体进行了调查。调查结果陆续刊登在每日的报纸上，从三具遗体的指纹到血型种种，公开了各式各样的调查报告。例如，"三具遗体的木乃伊化不是人为造成的""三具遗体尚未发现有明显的阿依努族特征"等等。

大佛次郎以《北方的王者》为题发表了一篇文章，写的是当天在开棺现场时的情形，笔触令人感动。现在几乎没有"北方的王者"这种说法了，或许大佛氏是第一个这么说的人吧。诚然，藤原三代的武士们是担得起"北方的王者"这一称号的，他们在平泉之地筑起黄金文化，却在百年后销声匿迹。

作为小说家，因为之前种种，我对平泉未有过过多的关注，不管是平泉还是中尊寺，直到今日也从未踏足过。这回到访平泉也并非是因为我想重启当年对写下藤原三代小说的憧憬。我只想站在平泉的土地上，亲身感受那片土地的历史。

由第一代藤原清衡奠基的中尊寺虽已不复往日堂塔伽蓝的盛观，但总算留下了金色堂。不过，由二代藤原基衡营造的毛越寺、观自在王院，以及三代秀衡营造的无量光院，现下全化为一片田野了。昭和二十九年，文化财产保护委员会编纂的《无量光院迹》面世，这是一部宏伟的调查报告书。照此报告所说，无量光院应是效仿宇治平等院，为祈求往生极乐净土而建，规模甚是壮观。关于二代基衡所造的毛越寺、观自在王院，可以在藤岛亥治郎博士编纂的《平泉》一书中看到。这是一部从考古、建筑、庭院等各方面综合考察的调查报告，从中还可以了解毛越寺的伽蓝配置及其庭院构造。

我翻开这些书，忽而就想亲身走进那片田野，而那片田野之下就埋葬着这些遗迹。人们对金色堂里保存的三具遗体展开了各种研究，自然也得出许多重大发现，可到头来又如何呢，他们在平泉的历史中依旧是谜一样的存在。所谓历史的那层神秘面纱终究不是轻易就能揭开的。

到访平泉正值六月中旬，我先去拜访了耗时六年修复的中尊寺金色堂。那是一间平房样式的小堂，四四方方，有三间房大小。以前被覆堂遮挡，无法窥其全貌。可自从昭和年间修了新的覆堂后，便能透过玻璃窥遍这间美丽的金色小堂。最初见它，只觉得金色堂像极了一枚精致美丽的黄金小匣。

至于这究竟是阿弥陀堂还是往生堂，众说纷纭，至今未有定论。不管是哪个，都不如叫它黄金小匣更合适。这枚金光闪闪的小匣中还摆着三具遗体和一个首级，尽是八百年前在此叱咤风云的掌权者。

藤原三代的武士们到底有没有虾夷族的血统不得而知，只是第一代藤原清衡曾自称"东夷之远酋"，仅凭这个也很难说他身上就流着虾夷人的血。所以，非把这黄金小匣说成是某一族死后的归宿未免有些牵强。

堂内正中的须弥座供着阿弥陀如来、观音菩萨、势至三尊塑像，两旁还配有六地藏和二天王，第一代藤原清衡的遗体就长眠在那下面。右手边与左手边靠里的须弥座与正中的须弥座佛像配置完全相同，那下面分别安置着藤原秀衡与藤原基衡的遗体。三人的遗体分别入棺封存，没有葬于地下，如此安葬方式在我国其他地方也是没有先例的。

在我看来，这金色堂更像是藤原三代的家庙。如此美丽的建筑竟是座庙，其实在外国也并不鲜见。规模虽有大小之别，但印度泰姬陵的白色大理石建筑之中也长眠着一位故人，它就是莫卧儿皇帝为他的爱妃建造的陵墓。它是全世界的伊斯兰建筑中最美的建筑之一。这座美丽的清真寺有一个地下室，里面摆放着一个石棺，那位女性就长眠于此。

我还见过比金色堂更小的寺，就像一个首饰盒。乌兹别克斯坦共和国的布哈拉有座萨曼王朝的清真寺。在没有彩砖的年代，这座砖房建筑只能从雕刻的角度与深度来追求明暗的效果，以达到装饰的作用。寺里的棺椁已经消失不见，可以肯定的是这就是一座清真寺，只是异常重要的棺椁却失去了它的踪迹。

撒马尔罕同属乌兹别克斯坦共和国，它的郊外有座帖木儿王朝的清真寺，整座寺院被外围的石壁圈住，从大门到整个建筑群，规模甚是庞大。我沿着左手边用石头砌成的回廊走进院内，那里的柱子包裹在青绿色的瓷砖下，在幽暗中闪出妖艳的光芒。不久我来到一间房门前，那房里并排摆放着许多石碑，石碑都是石棺的形制，上面还刻着碑铭。帖木儿、以天文学家闻名的帖木儿之孙乌鲁伯格、帖木儿之师、帖木儿的孙子们，他们的石碑虽排在一起，可只有帖木儿的碑是暗紫色的，碑铭上写着帖木儿是成吉思汗的后裔。当然，这些都是帖木儿死后的杰作。

真正的墓室在地下。参拜者想去地下墓室，就得顺着大石头砌成的石梯一路往下，中途再拐一个弯。那是一个比上面的碑房还要小的房间，似乎就在碑房的正下方，墓石的配置和上面那些碑石的配置完全一致。摆放墓石的地面是用巨大的石头砌起来的，也与碑房的一致。

与碑房不同的是，地下墓室的正面与左右两侧还各有一间拱形的耳室。三间耳室各有一扇小窗，从窗外透进一丝微弱的光来。说是窗，可因为墙壁实在太厚了，看着更像是一束光的通道，只不过从通道透进来的那一束圆筒形的光实在单薄得可怜。

这里的天花板和四面的墙壁都是砖造的，从天花板上吊下来一盏电灯，多亏这盏灯，我终于探清了墓室内的样子。同上面的那间房一样，帖木儿的墓碑摆在正中间，大理石的石面上密密麻麻地刻着古兰经，从墓室外面是看不到这一切的。帖木儿大帝就躺在墓碑下的灵柩里。

1941年6月，曾首次移开过大理石的墓碑，打开了这座灵柩。结果发现帖木儿有一条腿要短些。据说，他生前被称作"跛子帖木儿"，看来果然是个跛子。那次，乌鲁伯格的灵柩也被打开了，这一位和衣而躺，脖颈处有严重的刀伤。据记载，乌鲁伯格是被好几名刺客袭击而一命呜呼。在当地的习俗，死于非命的人要穿着死时的衣服下葬，乌鲁伯格就是以这种方式下葬的。

印度的泰姬陵、布哈拉萨曼王朝的清真寺、撒马尔罕帖木儿大帝的古尔埃米尔清真寺，我知道的这些都是故人死后的归宿，那些美丽的地方如金色堂一般安放着或是曾经安放着故人的棺椁。

　　泰姬陵与帖木儿大帝的清真寺宏伟华丽，享受着人们无尽的赞美，而萨曼王朝的清真寺小而遗世独立，它们都是中亚最美、最了不起的建筑。据说萨曼王朝的清真寺使用了三百种不同的装饰工艺，远远望去，就像一个美丽的首饰盒。

　　金色堂比这个首饰盒更小些，是的，藤原三代的黄金小匣比中亚最美的首饰盒还要小。

　　毋庸置疑，这小小的黄金小匣，自建造之日起，便承载了一百六十年的风霜雪雨。我无法想象金色堂当年的模样，被雪覆盖的金色堂，被雷雨洗礼的金色堂，沐浴在盛夏日光中的金色堂，我想在脑海中描绘出它所有的模样，可生在昭和年代的我终究幻想不出那样的景象。

　　饱经沧桑的金色堂在正应元年（1288年）加修了覆堂，从此又历经了六百七十余年后，因修复于昭和三十八年拆掉了覆堂。就这样，金色堂再一次久违地露出了真容。随着局部修复的展开，这枚黄金小匣的筑造秘密被一一解开，学术调查的结果也证实了三具遗体的木乃伊化。

　　既安放着藤原三代的遗体，那金色堂自然是作为葬堂修建的吧，可专家学者似乎对此还存有争议。

假设金色堂就是葬堂，我最想知道的是第一代藤原清衡在建造它时的心境。他究竟是以怎样的心情将死后的归宿安置在这金光耀眼之地的呢？

1124年，藤原清衡在建造金色堂时已年满六十九岁。四年后的1128年，他就化为一具遗体永远长眠于此了。

然而，处于同一时代的京都天子，他的葬仪又如何呢？1156年，鸟羽法皇崩逝。我从那时的公卿日记《兵范记》里看到了他的葬仪记载，简直让我大吃一惊，着实过于简朴了。当时正值保元之乱的前夕，天子葬仪的规格确实不宜过于隆重，可即便如此，遵照遗诏操办的这次葬礼委实是朴素得不能再朴素了。法皇生前住的宫殿一角有座塔，而他就永远长眠在那座塔下了，剩下的不过就是从崩逝那日到翌日正午做了场法事而已。

与法皇相比，藤原清衡定是花费了数年时间来构思他死后的世界。他做了充分的准备去迎接自己的死亡。法皇尚且还躺在宫殿院落的塔下，比起这位，藤原清衡可真是大大地彰显了自己的与众不同。

藤原清衡是如何构想出这个黄金葬堂，又是如何令其成真的呢？又是什么让他生出这样的念想，是信仰，是对中央政府的反抗，还是身为北方王者的自负呢？

日本人的木乃伊世纪

昭和二十五年，朝日新闻社展开了中尊寺学术调查。这项调查证实了藤原氏清衡、基衡、秀衡三代的遗体和一个首级的木乃伊化，这或许是整个调查中最具热度的话题了。

不过在这之前，三具遗体的木乃伊化也并非是完全没有预料到的事。享保年间就有记载说，有人亲眼瞧见保存在金色堂里的遗体完好无损。有位僧人也留下过记载，说曾借着元禄年间修葺金色堂的机会偷偷瞧过遗体。离那之后最近的一次机会就是昭和六年的那次开棺了。那次开棺是为了给遗体盖上石棉，并将秀衡的遗体从以前腐朽的棺椁挪到新的金棺里去。

可以想象，藤原三代的遗体几乎还保持着最初的模样。或许很久以前，世人就已将这些遗体看作是木乃伊了吧。昭和二十五年，各界权威组成了学术调查团，这一事实也在他们详尽的调查后得到了证实。

木乃伊化既已证实，那么第二个大问题便接踵而至：木乃伊化是自然形成的，还是人为干预后特殊形成的呢？

长谷部言人博士在这项调查后提出了自己的见解，并发表在朝日新闻社编纂的《中尊寺与藤原四代》（中尊寺学术调查报告）一书中。他认为三具遗体和首级的木乃伊化并非是人为造成的。尸体干燥硬化后变成木乃伊，这在中亚的沙漠干燥地带并不稀奇，在日本也不是没有先例。长谷部博士认为，加速遗体干燥的主要原因是藤原三代的金棺包裹在金色堂地面之上的须弥座中，而令其木乃伊化的另一大原因则是他们被秘藏于贴着金箔的漆棺内。

话说回来，我曾见过长谷部博士三次。我的岳父足立文太郎在解剖学以及人类学方面与他是至交。因为这层关系，我有了与长谷部博士见面的机会。

我的岳父在二战结束那一年过世了。长谷部博士为了亡父的事曾亲自登门拜访，那一年大约是昭和三十年。那次，我问了他许多关于中尊寺调查的事儿，聊得很是投机。博士的家在洗足①，第二次与第三次的会面都是我去他家拜访。只是第二次是我单独前往，第三次是携妻子同去。第二次拜访是为了打听德国解剖学家舒阿尔贝博士的事，他既是长谷部博士的恩师，也是亡父的恩师。

第三次拜访博士是为了出版亡父的遗稿，想听听博士的

---

①东京都目黑区洗足地区。

意见。那一年正是博士去世的前一年，也是我最后一次见他。那次也谈到了平泉，他的看法依旧没变，仍然觉得藤原三代的遗体是自然形成的木乃伊。作为学术调查团的一员，自他踏上平泉之路到现在，已经过去近二十年了。

姑且不说这个，《中尊寺学术调查报告》公开了各界专家的意见，未必都与长谷部博士的一致。

铃木尚考虑到木乃伊整体保存完好，因此认为人造木乃伊说更合理。可铃木尚对此也保留了慎重的态度，因为目前尚未找到能证明木乃伊是人为产物的证据。况且从这三具遗体的保存状态来看，最糟的是盛夏死亡的藤原清衡，其次是晚春死亡的藤原基衡，而初冬死亡的藤原秀衡，他的遗体保存得最为完好。由此可见，藤原三代的遗体保存状况与死亡的季节有关。这一事实有利于木乃伊自然形成说。当然，这些都是从昭和二十五年的调查报告书中得出的结论。自那以后，铃木尚是否还有新的主张就不得而知了。

古畑种基博士比较了自然木乃伊与人造木乃伊的区别。自然木乃伊的皮肤与肌肉是连在一起慢慢萎缩风干，乍一看干瘪瘪的。而藤原三代的木乃伊看起来则像直接干燥硬化而成，皮肤似鞣革那样富有弹性。鉴于此，古畑种基博士明确了自己的观点："于我个人来讲，我更倾向人为加工说。"

大槻虎男运用物理学与化学的方法展开调查，他认为若想让某物长期保存于干燥的状态之下，平泉并不是十分适合的理想之地。这里还涉及一个有趣的问题，木乃伊的制作是否需要用到某些药物。大槻虎男在这次调查中公开了自己的调查结果，木乃伊既看不出有涂过漆的痕迹，也没有灌过朱砂的迹象。

田泽金吾基本赞同人造木乃伊说。他说"制作木乃伊既然是虾夷族的习俗，那么虾夷之地平泉在当年就开始制作木乃伊的说法并无不妥"。也不是每个人造木乃伊都能成功，也有失败的。有传言说做好了有奖赏，失败了就要被砍头。若以藤原三代为例的话，那藤原清衡就是那个失败的例子了吧。

森嘉兵卫提出了自己的看法："第一，四具木乃伊均无脑浆和内脏；第二，以上四具木乃伊制作手法相同；第三，棺椁底部对应遗体后脑与肛门的位置都有人工凿成的小洞；第四，据推测，最初光堂才是安放遗体的葬堂；第五，阿依努族有将遗体作成木乃伊的习俗。由此可见，四具木乃伊难道不是人为的结果吗？"

从公开以上种种到现在已经过去了二十余年。这期间或许又展开了什么新的研究，出现了什么新的解释，只是，究竟是天然木乃伊还是人造木乃伊这个关键性的问题始终未有明确的定论。究其原因，解开这个问题的诸多疑点从一开始就横在我们面前，而我们却从未跨越。

藤原三代的掌权者身上究竟流淌着谁的血脉呢？藤原清衡在中尊寺落成的供养大典上，在祷告文中写下"东夷之远酋""俘囚之统领"之类的字眼。古老的记载中曾有过东夷、俘囚、夷俘等各种称谓，不过谁也不知道这些称谓背后的他们究竟是什么模样。有人说他们是虾夷人，归顺了日本后被同化了。也有人说他们是日本人，迁移到虾夷之地被虾夷人同化了。也许不管出自哪种，对他们的称呼都并无区别吧。

倘若如此，探究藤原三代的血统问题绝非易事，且另一个更棘手的问题也会随之浮出台面，那就是虾夷族与阿依努族究竟是何关系呢。有的说虾夷与阿依努同属一族，也有的说他们是两个完全不同的种族。如果虾夷与阿依努同属一族，那么就可以从阿依努人的习俗来解释藤原三代的木乃伊化。如果他们是完全不同的种族，就另当别论了。

藤原三代的遗体究竟是自然木乃伊还是人造木乃伊，尽管这个问题仍悬而未决，但唯独可以肯定的是藤原清衡坚定的信念，那是一位平泉掌权者让自己的遗体永存不灭的信念。

藤原清衡一定是想，在逝者的葬仪都极其简朴的这样一个年代，若能筑起金色堂作为死后的归宿，那么安放其中的遗体必能永世长存吧。藤原基衡与秀衡想必也抱有同样的信念。不管木乃伊是不是人为的，结局都如他们所期望的那样，自己的遗体以木乃伊的模样传到了八百五十年后的今天。

日本在明治维新后也发现了数具木乃伊，那些偶然发现的木乃伊都是自然形成的天然木乃伊。他们的遗体与本尊的意志无关，碰巧就以这样的方式延续了下来。与为了完成平生夙愿而木乃伊化的平泉掌权者不同，天然木乃伊只是他们的宿命。

在国外，人们大多是因为渴望自己的遗体能够永世长存而选择木乃伊化。

古埃及帝王的木乃伊显然就是这样的产物。帝王死后，遗体经后人特殊处理，就成了埃及木乃伊。

翻开百科事典中的木乃伊词条，才发现他们的处理方法五花八门，再翻开木乃伊的相关研究书籍，就知道古代的埃及人有多么热衷于炮制木乃伊了。换言之，公元前就是人造木乃伊的世纪，那是一个匪夷所思的年代。

在我看来，日本除了藤原三代的遗体外，再无其他与之类似的发现了。尽管是被局限在一个弹丸之地，但日本也曾有过它的木乃伊世纪。

中尊寺的学术调查过去数年后，大约在昭和三十年，早稻田大学的安藤更生博士曾邀请我一起去东北深入考察那里的几具木乃伊，不过这事儿到后来也不了了之了。

听安藤博士说，东北的某某寺院里有木乃伊，本来这事儿我也曾在哪里看到或听到过几回，只是当时并未在意。后来还听说大正时代的博览会上也出现过木乃伊，终究是真伪难辨。

东北的木乃伊之旅想来是有趣的吧，在这样的念想中，时光又匆匆过去数年。

在这数年里，安藤博士每次见到我，必会提起木乃伊。

连山形县的哪个寺庙有几具木乃伊，他都会事无巨细地跟我报告。托他的福，我终于知道了铃木牧之在《北越雪谱》中写过木乃伊，也从常盘博士的《支那佛教史迹》中知道了中国有唐代的木乃伊。

昭和三十五年六月，在每日新闻社的援助下，以安藤博士为首组成了出羽三山木乃伊学术调查团。团员有新潟大学的山内俊吾、小片保，东北大学的堀一郎，修验宗的户川安章，早稻田大学的樱井清彦以及几名年轻的学生。而我也作为特别成员名列其中。调查团由每日新闻社的松本昭全权负责。这时距离中尊寺的学术调查正好过去十年了。

调查从翌年七月五日至十一日，持续了一周的时间。这个调查正好处于欧洲之旅的前夕，只因我早早就定下旅行计划，无法为了木乃伊缩短数日的行程。好在我终于能赶在为期一周的调查马上就要结束的前一天奔赴酒田，我必须要去看看酒田市海向寺内的两具木乃伊。

在这次调查中，经安藤博士们之手，数具木乃伊赤裸裸地呈现于世人之前，其中包括鹤岗的南岳寺木乃伊、鹤岗郊外的本明寺木乃伊、朝日村的注连寺木乃伊，以及同村的大日坊木乃伊。

我在参与海向寺两具木乃伊的调查时，平生第一次瞧见了木乃伊的真容，这让我萌生出两个想法。第一个想法是，人类肉体的陨灭是再自然不过的事，可他们为何非要固化成一个物件儿，执着于留下往生的一点痕迹。与那些出土的瓶子罐子不同，我看着他们的样子，只觉得说不出的别扭。

我的第二个想法令人难以置信，我好像与曾经生活在这片土地上的人们重逢了。那天夜里，我在日记上写下一句话，如诗一般，"今日，我第一次知道了重逢这句话的含义。是的，我与那个人重逢了"。

我直接向安藤博士询问了各项调查结果，算是讨到个大便宜，只是这结果从头至尾都令人诧异。

东北的木乃伊与国外的不同，竟还有内脏。换言之，他们是在无须取出内脏的身体条件下变成木乃伊的。

那木乃伊全部都是真言系修验宗的修行者，并且都是在汤殿山修行的行者。所谓行者，是修验宗里等级最低的修行者,即使修行一生也无法晋升高位。

那样的行者怎会变成木乃伊呢?更令人吃惊的是,他们是自己把自己变成木乃伊的。并非出自他人所愿,皆因自己的意愿而成为木乃伊。他们相信,变成木乃伊就能成佛,得到普度众生的力量,于是"就让我们化身成佛吧"。

然而,把自己变成木乃伊可不是件容易的事。

须得先向世人宣告后再食戒数年,所谓食戒头三年戒五谷,接着三年戒十谷。大声向世人宣告既是为了坚定自己的决心,让自己永不退缩,也是因为持续数年的食戒少不了周围人的照拂。倘若知道这位就是要成为木乃伊的人,村里的人便会为他们送去食物和水。

木乃伊志愿者经过数年艰苦的修行后开始绝食,打坐入定。他们在入定的过程中渐渐衰竭,诚然,在那样的身体状态下,内脏已不必取出了。撇开宗教的意义不谈,这就是长达数年的绝食自杀。木乃伊志愿者死后,周围的人会整理好他们的遗体,放进用厚厚的松木板做成的棺椁里,再埋入黄土下的墓穴中。棺椁包裹在石头中,完全掩埋于地下,三年期满后再挖出来。待到那时,遗体已经化作一具木乃伊了。

想要变成木乃伊,光靠自己是不够的,少不了他人的照应。不仅是修行期间的饮食,死后的一切处理都须借他人之手。

所以，这从来就不是件容易的事。想获得世人的帮助，就得先具备那样的资格。不管你如何宣称你要成为木乃伊，尽管你也有那样的诚意，可如果得不到世人的尊重，就不会有人对你伸出援手。一个木乃伊毕竟是数人共同努力的结果。

特别是对于周遭的人来说，遗体的处理可不是一件讨喜的工作。有的经过几年的修行，好不容易入定了，却被遗忘在黄土之下，无人善后。于是，那些木乃伊志愿者的遗体就这样一直被搁置在墓中。这种墓在汤殿山附近还有好几座，而不幸的木乃伊们就长眠在这些被称为"冢"的地方吧。

十九世纪初的文化、文政年间，这一带涌现出许多木乃伊志愿者。为何这一时期出现了那么多木乃伊志愿者呢？为何会有那么多人想立地成佛，普度众生呢？倘若非要说这是信仰我也没辙，不懂那个年代的人终究是找不到答案的吧。

根据安藤博士的调查，目前已在全国发现了二十多具木乃伊。如果连长眠在冢内的也算上，应该还要多些。如前所述，木乃伊多数是修验宗里最下等的行者，还有许多以苦力为生的劳工，甚至还有躲进寺庙里的罪人。

昭和三十五年秋，每日新闻社召开报告会，公开了当年出羽三山木乃伊学术调查的成果，包括安藤更生的《日本木乃伊的研究意义》、堀一郎的《关于即身佛的诸问题》、小片保的《日本木乃伊的人类学研究》等等，他们各自都从专业角度作成了调查报告。报告十分有趣，遗憾的是，正在欧洲旅行的我无缘聆听。

翌年昭和三十六年五月，我与每日新闻社的松本昭氏结伴重游了出羽三山。前一年的调查之行甚是匆忙，而这一回又甚是悠闲，倒不是为了去看木乃伊，而是想亲眼看看木乃伊志愿者的诞生之地究竟是怎样的地方。此次一路上幸得户川安章先生的照拂，这位先生还是一位研究修验宗的权威。我们去看了鹤岗市内的养海冢，那还是个未经挖掘的冢，里面就长眠着木乃伊，接着去拜了拜去年没见着的本明寺木乃伊，又踏访了金峰山山脚下的修行者之乡。

之后，我们又去了修验信徒的修行地仙人泽。分明已经是五月天了，可仙人泽还沉浸在白雪皑皑的世界里。雪中登山，这次还是头一遭。最后我们去了羽黑山。

这次旅行欢快得不可思议。虽说这地方与木乃伊渊源颇深，可这里的四季与大自然却明媚开朗。安放木乃伊的木乃伊堂是明朗的，环抱木乃伊堂的大自然也是明朗的。

我以为，这次旅行能让我生出只有在木乃伊之乡才能感受到的特殊情愫，可那样的期待终是一场空。这里没有阴暗和潮湿，一点儿也没有。就连住着木乃伊的木乃伊堂都是明朗的。

自那以后直到今天，我曾数次追忆木乃伊，却无论如何也走不进那些木乃伊志愿者的内心。他们亲手将自己的肉体变成一具木乃伊，为了普度众生甘愿化身成佛，日本真有这样的人存在吗？他们的所思所想，作为凡夫俗子的我实难理解。

藤原三代的掌权者祈祷自己的遗体能永世不灭，于是就有了今天的木乃伊。究竟是什么让藤原清衡构想出这样一个黄金葬堂，是信仰，还是权势者对荣耀的夸示？至今仍是未解之谜。而在东北的一隅，为何身份卑贱的修行者要花费数年的时间将自己变成木乃伊呢？这同样也成了无从知晓的谜。唯一笃定的是，有那么多人向往即身佛的时代绝不是一个明朗的时代。

诚然，虽一边是东北的权势一族，一边是东北贫贱的无名修行者，但跨越了时代的他们无不向往肉身的木乃伊化，并最终那样去践行了。只是将两者相提并论不禁让人生出无限感慨，一个长眠于黄金屋中，而另一个则躺在粗鄙的木乃伊堂中，或被长埋于黄土之下，至今不为世人所知。

藤原三代与汉代贵妇的遗体

上一章提到两个人,一个是三代在平泉都颇有权势之人,一个是出身卑贱的真言系修验宗的修行者。这二人并不共存于同一时代,只是都在东北。他们向往着自己的肉身如同木乃伊般尸身不腐,竟还那样去做了。这样的事在日本(严格来讲在全世界)算是特例吧。毕竟日本人对木乃伊这种东西普遍是没什么概念的。

天明二年(1782年),某艘去江户的船只失了事,漂到了遥远的阿留申群岛中的安奇卡岛,船长大黑屋光太夫被俄罗斯人救起后,又经勘察加半岛、西伯利亚辗转到了圣彼得堡(现在的列宁格勒)[①]。时隔十年,大黑屋光太夫终于在宽政五年(1793年)重新踏上了江户的土地。他把此次的漂流经历记录下来,回国后还在将军家前讲起了当时的见闻。就连当时最了不起的学者桂川甫周也将他的故事编撰成

[①]圣彼得堡,俄罗斯第二大城市,位于俄罗斯西北部,1924年为纪念列宁曾更名为列宁格勒,1991年又恢复原名为圣彼得堡。

书，取名《北槎闻略》。关于这段历史还生出了个有名的小插曲，据说龟井高孝先生发现了此书的抄本后，在昭和二十年印出了活字本。

那本《北槎闻略》中有几处写的是在伊尔库茨克的见闻，有的内容不长，但应与木乃伊有关。

湖边的教堂供奉着一具名为尼古拉的圣徒遗骸，每年四月初会举行祭拜他的法会。虽已坐化七百年，但周身不腐、面目宛若在世时生动，引得世人甚是敬仰，听说不远千里来此拜祭他的人络绎不绝。

若是"周身不腐，面目宛若在世时生动"，那除了木乃伊还能是什么呢？书中的"湖边"说的是贝尔加湖畔。四十三岁那年，我去了俄罗斯旅行，在伊尔库茨克时就想，不知这尼古拉圣徒的遗骸怎么样了，要是还在的话也应去拜一拜的。结果向伊尔库茨克大学的教授、布里亚特民族史及伊尔库茨克地方史的权威库德里亚夫采夫一打听：

贝尔加湖畔确实有一个教堂，信徒众多。那里是一个尼古拉教会，在一个叫尼古拉的村庄里。不过唯一不同的是，那个教会里供的不是尼古拉的遗骸，而是画像。只是那画像现在也不在那个教会里了,而是被移到贝尔加湖畔其他村落的教会里去了。

我开车去贝加尔湖的时候,也去了那个叫尼古拉的村子。村子在安加拉河的河口,是个不起眼的村落,非常安静。如同库德里亚夫采夫所说,那里的教会没有尼古拉的画像。听说离那儿稍远的伊斯特比昂村庄里有个尼克里斯卡娅教会,画像就是被移到那里去了。我向牧师打听了一下遗骸的事,说是尼古拉的画像以前就很有名,但遗骸之类的简直闻所未闻。

于是,我又去了伊斯特比昂村的尼克里斯卡娅教会,可那里也没有画像。据说那幅了不起的画像曾经有过,只是不知何时就不见了。如今挂在那里的圣徒尼古拉的肖像画不过是幅替代品,是那幅伟大画像的摹本罢了。果然,真迹不见了,就只能用仿品充数了。画像中的尼古拉左手托着大地和教会,右手持剑,头戴法冠,肩披法衣,脸上蓄着白胡子,眼神锐利。

由此可见,《北槎闻略》里的记载显然有误。最合理的解释就是桂川甫周将大黑屋光太夫描述的画像,按照自己的理解写成遗骸了。学识渊博的桂川甫周自然知道外国有木乃伊,只是日本没有,所以对木乃伊知之有限的他也无从大黑屋光太夫那儿确认准确的信息。

有个叫玉井喜作的年轻人也写过一本关于伊尔库茨克的游记，里面也把画像写成了木乃伊。明治年间，他跟着商队的商人去了西伯利亚，记录下从伊尔库茨克到托木斯克这三十天的经历。游记里有一处叫博森斯克的修道院，距离伊尔库茨克有四公里远，以美丽的塔尖而闻名。那里面就躺着一具高僧的木乃伊，历经数百年仍栩栩如生。

我又请教了库德里亚夫采夫教授，他说从没听过哪里有个叫博森斯克的修道院，说的会不会是滋纳门斯基教会呢？因为那里也有久负盛名的美丽尖塔，还收藏了圣人伊诺肯奇的画像，且那画像也十分出名。如此说来，不是木乃伊而是画像。这次变成作者玉井喜作的失误了，许是他把传闻中的画像误认为木乃伊了吧。

我曾数次在欧洲教会里拜祭过木乃伊。木乃伊大多会横放在祭坛里，参拜者上前用手比画十字后就得离开，我也是如此。不是参观，而是名副其实的参拜，只晓得那里面躺着什么，却没人能看清他究竟是什么模样。莫斯科红场的列宁墓安放着列宁的遗体，每天的参拜者络绎不绝，可那些排着队的参拜者在我看来只像是精巧的蜡人像。

兴许只有在日本才能完全看清木乃伊的真容吧。真言修验宗的行者变成木乃伊，受世人供奉，或是以那样的形式安放于木乃伊堂。修行者在世时也曾被无数世俗烦恼所扰，可他们的木乃伊已经不能称之为遗体了，而是变成了世人敬仰的对象，千百年来受世人供养。于是，他们成了救世的佛。

倘若无人拜祭供奉，这修验宗修行者的木乃伊就只是一具遗体而已。在我看来，这或许就是信仰的真谛吧。

最近（1972年），两千两百年前的一具汉代贵妇遗骸现世了。惊艳了世人的这具遗体是在中国湖南省长沙市郊外的古墓中挖掘出来的，发现时仍如在世般丰腴生动。说到遗体的木乃伊化，自然要数古埃及展现出的异常发达的技术，可这具遗体并未经过任何木乃伊化的处理就保存到了现在。中国居然在两千两百年前就具备了这样的技术，真是令人叹为观止，而此等超乎想象之事今日竟然就发生在我们眼前了。据说这具遗体几乎完好无损，一起发现的还有丝绸、织锦、斜纹绸、刺绣等色泽艳丽，带有纹饰的织物。陪葬品数目巨大，达到千件以上，既有漆器也有陶器。若想了解两千两百年前的文化，怕是没有比这更好的资料了。不过最兴奋的莫过于全世界的考古学家们吧。

从棺椁内部的封泥与题字来看，这具女性遗骸很有可能是汉惠帝二年（公元前193年）的始封之侯——轪侯之妻。总之，这是一位两千两百年前的贵族夫人，年龄约莫五十岁。

当我在报纸上看到这则新闻，之后又在杂志上看到这具遗体及其陪葬品的彩图时，我总觉得自己必须说点什么。就像考古学家、历史学家，他们都站在各自的立场有所思考，而我亦得站在自己的立场说点什么。

必须去思考什么呢？我探索自己的内心，可触到的又是极其简单朴实的东西。我说不上来那究竟是什么，只是第一眼在报纸上看到这些新闻的时候，便觉得心底某处掠过一缕思绪，那么微妙，转瞬即逝。我试着努力抓住它们，让萦绕心底的小思绪渐渐清晰起来，

躺在那里的女性究竟是何人？人间五十年，死后又沉睡了两千两百年。两千两百年，遥远到模糊的岁月，与之相比，她在世的五十年是何其短暂。不知她在世时过着怎样的生活，肯定有烦恼，有喜悦，也有苦痛吧。尽管如此，她的人生也太短暂了。人们常说"须臾人生"，不过是"暂时"活着，而后久久睡去，那是永恒的长眠。多于在世时间长达四十倍的漫长岁月里，她完好如初地躺在那里。她的丈夫，她的孩子们，还有侍奉她的男男女女，为保她遗容不变，在她下葬时做了种种努力。这是发自对她的爱，还是一种宗教仪式，抑或是蕴含着某种宗教因素呢？仿佛不这么做就无法

让她的亡灵得到安息。而她，亦没有辜负安葬者的期望，恐怕连他们自己都没想到，她能够如此完好地沉睡到今天。她活了五十年，死后又躺了两千两百年，我不禁想问，她的人生究竟为何，是应该赞美她活过的五十年，还是应该赞美她躺了两千两百年的遗体呢？活着的时光终是短暂，死后的时光又太过漫长。人们大抵不会去想死后还有什么时光可言。然而这汉代贵妇不同，她死后的时光是用时间单位来计算的。两千两百年的岁月，她都是作为已死之人躺在那里的。

我们在两千两百年后的今天畅想她的人生，她是一位怎样的女性，过着怎样的生活，并不是荒诞无稽的胡思乱想，裹在她身上的衣物、棺椁里的大量陪葬品，都是走进她生活的绝佳资料。人们凭借这些去判定她五十年的短暂人生。不仅如此，她躺在那儿，却没有让自己失掉身上最珍贵的一切。换言之，她没有让她的容貌、身高、体态以及能联想到她姿容、性格、生活的一切从她身边悄悄溜走。

她究竟是谁，我厘清了闪现在心底的微妙思绪，得出以上种种。即便有"死后经营"这种说法，也未曾见过经营得如此完美的。若是帝王与当权者，他们死后的经营或许关系到国家或其一族的将来与命运。只是不管他们如何经营死后的自己，两百年后、三百年后，也终将湮灭在历史的洪流之中，消逝得无影无踪，什么也不会留下。可是，唯这位汉代贵妇成功了，在两千两百年后的今天，她成功地勾起了全世界的好奇心，引来世人遐想她短暂的人生。

我不禁再一次问自己，她到底是谁。记不清是在报纸还是在杂志上，我似乎在哪里见过时光胶囊这个说法。她就好像是放在远古时光胶囊里的那个人，两千两百年后的今天再次现世。如果说这次的现世带给世人的除了震撼以外还伴随着某种悲伤，那一定是人们最终以这样的方式去解读这位远古女性的死亡吧。

如何面对死亡，不同的人有不同的看法，不同的民族也有不同的认知。我曾去过佐渡，见过一排伫立在岩滩崖壁边的墓碑。大浪打来时，仿佛瞬间就要将他们卷走，看起来甚是危险，不禁让人担心在往后漫长的岁月里或许真的有一天会被卷走吧。这里是佐渡渔民的安息之所，我看着一排排墓碑，竟一点也不讨厌这样的安葬方式。他们一生与海相伴，最终的归宿再没比这更好的地方了。

在日本人的心里，死亡是交给自然和岁月安排的事。直到现在，人们都会按照惯例以宗教仪式厚葬死者，可又如何呢？数十年、数百年后，也只能顺从自然的安排罢了。最终只有自然和岁月才能净化死亡。人向来不会怠慢对死者的祭奠，可也不至于执拗地想要永远守住逝者之墓，墓终究只是一处埋葬之所。人生自有生死，最后回归自然，这样的信条一直铭刻在日本人的心里。

前年去俄罗斯旅行的时候，我去了乌兹别克斯坦共和国的浩罕古城。那一回，我在古城郊外的墓地，看到棺型的墓碑密密麻麻地排列在一起，每个墓碑既没有刻逝者的名字，也没有刻他们的生辰、卒年，还真是干净利落啊。为我领路的乌兹别克斯坦人大约五十岁，我好奇地问他原因，他说自打他出生时就一直是这样，许是从以前就传下来的习俗吧。

那些生生世世都生长在天山费尔干纳盆地的人，或许对死亡的认知是特别的，至少与我们不同。死后自有死后的世界，既去了那里，现世用过的名字就舍去了吧。我倒觉得这样的认知并无奇特之处。也许在他们心中，阴阳二界就是泾渭分明的两个世界，我甚至觉得这么想也无甚不妥。

作为旅行者的我始终对那位领路人的解释感到无法释怀，不过就此作罢吧。或许现世中的阶级和贫富之差，到了那边就平等了。所以，墓碑不论样式还是大小，都那么整齐统一。墓地旁就是浩罕汗国时代的皇陵，被高大的挡墙层层围住的皇陵显得那么与众不同。

相较之下，在俄罗斯那些大城市的墓园里，一排排的墓碑上还镶着照片，那些墓主似乎还维系着与现世的牵绊。我看不懂碑上刻的字，只觉得那些文字繁复又冗长。

逝者的安葬方式也好，墓地的营造方式也罢，每个国家与民族自有不同，说不上哪个好或是哪个不好。我以前写过一首诗，这首诗与古代游牧民族匈奴的传说有关。

相传匈奴有个习俗，人死后要先在大草原上挖个洞，再将死者埋进洞里。令人难以置信的是这个洞竟有几百尺那么深，还要用一匹骆驼来殉葬，骆驼的血就洒在了那上面。可杂草很快就盖过了那里，让人找不到墓的所在。到了第二年，死者的家人牵着骆驼徘徊在大草原上，当骆驼嗅到同族的血就开始咆哮，于是人们就地搭起祭坛，开始祭拜死者。（中略）他们总以为，（中略）落日就是落在那片草原尽头的太阳，天上的雪就是降临在那片草原上的积雪。

这是一个古老民族的传说，不知是否真有那样的安葬方式。对骆驼是残忍了些，不过这习俗倒也挺契合匈奴这个横跨欧亚大陆的彪悍民族。或许这样的安葬方式在我们看来极其粗糙，可这烦琐复杂的过程实则蕴含了对死者极致的敬意。

藤原三代的掌权者遵循自己的意愿将死后的肉身木乃伊化，这不禁让我联想到木乃伊，联想到逝者的安葬方式以及死后经营种种，也让我提笔写下这篇名为平泉纪行却不像平泉纪行的文章。藤原清衡、基衡、秀衡，这三位北方的优秀武士到底与那个年代在京都、镰仓的王者有何不同呢？这些不同又是如何影响着他们的命运？我想，这就是我以后平泉纪行的主题了。

埃及帝王的木乃伊、汉代贵妇的遗体虽然死后都被"经营"得很好，但并不一定是出自他们的本愿。兴许在那个年代，这就是理所当然的习俗，他们的遗族、遗臣将处理他们的遗体当作例行公事一般出色地完成了。

但是，藤原三代却并非如此，打造黄金葬堂的藤原清衡自不必说，基衡与秀衡各自筑造的寺院比起清衡的中尊寺来毫不逊色。可他们仍将遗体安置在金色堂，那是因为他们已把金色堂视作自己死后的长眠之所。基衡与秀衡无非与清衡一样，以为只要把遗体置于金色堂就能永葆不腐，永世不灭。

自愿将自己的遗体木乃伊化，这在当时必是前所未闻之事。随着时代的变迁，又出现了之前说过的真言修验宗的木乃伊志愿者。可这些人的行为出自于信仰，只能说是一种特殊的自杀方式，不可与藤原三代同日而语。

北方王者的特立独行从何而来呢？是源于"东夷之远酋"的血统吧，要不就是源于当时的"虾夷"习俗。若是如此，就不得不先探究藤原一族与"虾夷"的血统关系。于是，另一个难题又会横在我们面前，这"虾夷"本身又出自什么血统呢？我既非民族学家又非历史学家，实非我能回答的问题。作为小说家，我也只能先撇开这些难题去追寻藤原三代的秘密了。

若是非要让我先下结论的话，我想北方王者那超乎想象的意志与行为都出自对藤原一族命运的预感，那是无法逃避的宿命。平泉曾经的荣华早已烟消云散，埋于青青夏草之下，只留下美丽的黄金小匣，还有那里面的三具遗体和一个首级。

（《潮》1972年8-11；《历史的光与影》讲谈社，1979年）

穗高的月

我与数位亲友相约赏月小酌，自然得挑个月夜小酌的好地方。候选之地不在少数，有銚子、志贺高原、伊豆的石廊崎等等。好友N君喜欢爬山，在他的提议下定在了上高地。只是既然都到了上高地，不如去德泽小屋赏月更好，那儿离上高地不过两公里远。临出发了，又觉得既然都去了德泽小屋，不如索性一口气爬到涸泽小屋，在北阿尔卑斯山脉①旁的山腰小屋赏月岂不更妙。

于是在今年（1956年），我们意外地看到了穗高之月。原本我们五人中除了我之外都有工作在身，为了一时兴起的赏月之宴，要他们腾出四天的时间着实不易。所以，中秋月圆之夜其实是在东京度过的，待真正出发之时已至九月下旬，那时的月儿已形似柠檬。

本打算从新宿坐早上八点的特快列车出发，当天宿在上高地，第二天一口气爬到涸泽小屋。可遇上暴雨，不得已只能在途中留宿德泽小屋。

第二天是秋高气爽的晴天，九点从小屋出发，对脚程快的年轻人来说是需要四个小时左右的行程，而我们计划步行六个小时，一边悠闲地欣赏奥又白，一边绕过屏风岩的山脚

---

①19世纪，因在日本中部地区登山的西方人发现此地地貌与欧洲阿尔卑斯山脉极为相似，遂在一些著作中使用了"日本阿尔卑斯"这一说法，具体包括飞驒山脉（北阿尔卑斯）、木曾山脉（中部阿尔卑斯）、赤石山脉（南阿尔卑斯），这三条山脉几乎占据整个日本中部地区，被称为"日本的脊梁"。

慢慢朝穗高岳行进。我们沿着梓川边的小径前行，这条小径一直通向横尾的汇流处。梓川一边敞开白色的河滩，一边卷起奔流的河水拍打着岩石。这条河的美令人神往。偶尔有河水流进两旁的树林中，林子里有扁柏、银杉、山毛榉、真桦，还有连香树，那里面也总会传来潺潺的流水声。

走过横尾的汇流处进入涸泽，就得与梓川说再见了。涸泽果真河如其名，是一条枯竭的小溪谷。我们从这里开始登山，路程的一半都布满了岩石，只能一边捡开石头一边登山，所以每走十五分钟还得停下来歇息两三分钟。不知何时，半山腰变成一片岳桦和花楸的世界。

下午三点半，我们抵达目的地涸泽的山中小屋。北穗、奥穗、前穗，连绵的群山形成一扇屏风，将这片盆地团团围住，山中小屋就坐落其中。原奥林匹克选手杉山先生等一行数人昨日冒雨前来，也宿在这里，现在正在小屋后的雪溪里练习滑雪。这大山里只要靠近山岭的地方都被枫叶染红了，还有那红得像血的是花楸和樱，黄色的是岳桦。

我从六点就开始在小屋的蚕棚里张罗赏月宴。月亮还没露脸，我就琢磨着去户外张罗酒宴，不自觉就走到了这儿来，没想到，还真是冷啊。

我们从八点就开始等待月亮的降临，时不时走出去瞧上一眼。听说有"穗高星夜"这一说法，果然，这里的星空真美啊。星河挂在天空最高的地方，穗高岳重叠的山峦化成巨大的黑色山体，酣睡过去。

八点四十，月亮从我们今日绕过的那片屏风岩后探出头来。不知谁喊了一句"月亮出来了"，大家穿起毛衣就飞奔出去。椭圆形的月亮泛着一丝朦胧的红晕，一点一点安静地爬上高空，群山也随之变幻着自己的模样。奥穗高岳的山腰就像剜进去似的，前穗高岳大片大片的山影正好就投在那上面。

不可思议的是，这会儿再也看不到北阿尔卑斯山脉在白日里壮阔的景象。月亮好像微微蹙起眉头，俯视着这令人心生不快的巨大的黑色山块。

自始至终，没有人开口称赞这月是美的。大家你一言我一句，说的都是"这月有点奇怪啊""多少有些阴郁呢"……。我们期待的是一轮皎皎明月，能将大地的一草一木都清晰点亮的明月，可这结果竟让我们生出一丝背叛的感觉。天儿太冷了，我们瞧了五分钟就悻悻而归。在那之后的一段时间里，大家不知怎地都陷入一片沉默之中，只一声不吭地喝着酒。

半夜醒来，我又出去走了走，月亮已经爬到前穗高岳的正上方。这会儿，奥穗高岳与北穗高岳的山腰因为月光看起来有些发白，就像铺满了一层雪。月亮还是椭圆形的样子，泛着红晕。月和山一如之前那般面露不悦之色，他们没有一处相互辉映，不悦地各自孤独着。小屋养了一只狗，唤作艾可，此时它也走近我的身旁。我看着它，只见它也漫不经心地竖起耳朵，望向那轮穗高的月。

（《读卖新闻》1956年10月5日；《井上靖文库26》新潮社，1963年）

在
涸
泽

每年一到正月我就暗下决心，今年一定要写日记了，可直到今天依然没能兑现。我从中学就有了写日记的想法，如今已过去三十多年了，还只是空有想法而已。

虽然没有日记，却留下一册中学时的笔记，里面保存着那时偶尔写下的所感所思，例如《出家与弟子》的读后感、誊抄的歌集等等。誊写的诗歌几乎都是从若山牧水的歌集中选出来的，他当时与我同住在沼津，选出来的诗歌有二十来首，都是我喜欢的。那样的笔记原本有五六册，但只留下来一册。不是随笔也不是日记，只是想在笔记本上写点儿感想罢了。自那以后，这习惯就一直断断续续持续到今天。考上第四高中的那一天，还有在金泽，家中着火被烧掉的过往，都被我用多愁善感的文字细细地记录在我的笔记里。这本笔记在烧掉与难以割舍的挣扎中一直保存到十年前，最终在逃难的时候毁去了。现在，我又开始后悔起来，为何那时要将它毁去。应召成为辎重兵后，我与马儿一起穿行在中国东北，我将那段往事写进每日新闻社的两本员工手册里，只是字迹太小了，小到不用放大镜都看不清楚似的。我至今还保留着这两本员工手册，铅笔字迹已然模糊，不过勉强还能看。当我还是报社记者的时候，也曾随性地写满了五本笔记，不过我只在想写的时候才写，体裁就跟从前的自由笔记一样，连日期都没有。那里面写着对上司的不满，还写了奈良的佛像以及小说的读后感等等。不知为何，我对走访法隆寺的事写得特别详细，当年去法隆寺是为了寻找壁画摹写的新闻素材。我还将那次走访发生的事写成了文章，发表在《艺术新潮》上。

直到现在，我还保留着任性而为的大学笔记。那些大学笔记现在看来更像是日后工作所需的备忘录，讲究实用性，比起日记，说它是创作笔记之类的更恰当吧。最近开始重拾笔记是去中国旅行的时候，这回的笔记又变回了事无巨细的日记风格，且在《文学界》上连载《朱门》时还派上了大用场。

不巧这个月（1958年7月）的笔记本上只有去穗高岳那三四日的事，之后便留下一片空白。看来从下个月起，我得把这事放在心上，努力去填满我的笔记本。

七月六日

五点半起床。今日是出发去穗高的日子，忙碌。两点半校对在期刊《日本》上连载的《波涛》完稿。我叮嘱侄女，若讲谈社的佐久君来了就将完稿交给他。正洗漱时，文艺春秋新社的樋口先生来拍我出发的照片。我立刻穿好夹克，吩咐长女把我的行李拾掇好，便拿起背包走出玄关。七点五十分到达新宿车站。列车已经进站了。

同行的成员已到齐，有瓜生卓造、长越茂雄、生泽朗、平山信义、野村尚吾、森田正治、加藤胜代、西永达夫、小松伸六、福田宏年、三木淳等人，还有我的女儿以及女儿的朋友阿部小姐。其中，三木淳是因为《日本》期刊社的工作与我同行。

阴天，大家不由得开始担心天气问题。瓜生卓造、长越茂雄、生泽朗、野村尚吾、森田正治等人是前年年初就跟我一起去过穗高的伙伴。自那以后，我们总是一起结伴去穗高。去年，平山信义、福田宏年加入了我们，今年又多了小松伸六、加藤胜代、西永达夫、我女儿和阿部小姐五张新面孔，以及摄影师三木淳。为了此次盛大的门外汉聚会，负责这次行程的瓜生卓造与长越茂雄二位怕是没少操心吧。

一点半抵达松本站，一辆皮卡车，一辆租来的轿车，我们兵分两路从车站前往上高地。中途歇在泽渡的西村屋，前年来的时候是十二月，这家店还是乡间茶舍的模样，狭小的三合土房间对面还连着一间嵌着炉子的屋子，神社的神官们就在那间屋里喝着小酒，屋内有些昏暗，但气氛不错。不知是不是因为兴起的登山热潮，这家小店竟在一年半的时间里模样大变。店面大了许多不说，反倒更像温泉町车站前的特产店了。三合土房间里有个箱子，里面养着狸猫。从前，这狸猫与这小店看起来甚是般配，如今只觉得是招揽看客的罢了。

四点半到达上高地。在海拔五千尺的旅馆休息了二十分钟后，又立即动身前往德泽。不久，小雨淅淅沥沥地落下，奇怪的是，走进森林时分明感受到来自日暮时分的昏暗，可一旦出了林子，那种感觉竟在一刹那烟消云散。

走到明神池附近，天色真的黯淡下来了。步行两个小时后，七点到达德泽园。兴许是连日降雨的缘故，今日宿在这里的只有一队学生。我们也幸运地分到二楼的四个房间和楼下的两个房间，而我和生泽朗分到的是这里最好的房间。

七月七日

七点起床，阴天。德泽园旁有一条河，我再一次掬起那里久违的冰冷河水浇在我脸上。广场上，唐松草的白色小花开得正盛，我漫步在高高的榆树与桂树之间。

八点，一行人离开德泽园。德泽园前紧连着一片森林，林子里有冷杉、水曲柳、铁杉、花柏、落叶松、岳桦。林中漫步是此次穗高之行中最有乐趣的一件事。阳光透过林间缝隙洒向落叶的样子一定美极了，可惜在这样的阴天是看不到了。

今天，有马先生与上条先生两位背夫加入了我们。我让他们二人帮我担着行李，自己手持一根冰镐前行。只有我一个人没有背包，虽有些惭愧，但因上了年纪，只能烦请别人代劳。我只是想尽量让登山变得轻松一点，可这样就不叫登山了吧。有马先生边走边提醒我路旁的花儿开了，有姥百合，有齿叶橐吾，还有乌头。

奥又白渐渐浮现在眼前，那上面还覆盖着厚厚的一层积雪，看起来像拖着长长的白色衣衫。一路上都是盛开的御前橘，那花朵小得惹人怜爱，还有紫花唐松草，在一尺长的茎端冒出了白色小花。这里还有开着紫色小花的钟馗兰，水晶兰的白色小花也从土里小心翼翼地冒了出来。

通过栈道走到梓川边，对岸就是化妆柳的林子。我想起去年五月来的时候，这里的化妆柳已经开始冒出新芽，美得让人看入了神。

在横尾的河滩小憩片刻。体质羸弱的小松伸六今日要留宿在德泽，他跟着我们走到这里后就独自折返了。河滩上有开着黄色小花的鸳鸯草，还有开出了红色花朵的水仙百合。

在横尾的汇流处又稍事休息。前面连着一片森林，林中有银杉、落叶松、榛树，漫步在这里的林间也是一种乐趣。

到了岩屋附近抬头一看，屏风岩此刻就近在对岸。第一冰沟的下游处有条雪溪，那边的岳桦林才刚冒出新芽。雪的白和岳桦的绿美得让人眼前一亮。第二冰沟左侧挂着一块大岩石，听有马先生说，这石头是今年才滚落下来的，它飞过河流落到了这边的林子里。

总算在木谷的汇流处好好休整了一下，用过午餐，马上就是三个小时的陡坡路段。我们喘着大气开始爬坡，本谷的雪溪忽然就出现在眼前。在这里，植物的世界还停留在早春，蜂斗菜才刚发出新芽，深山樱有的已经开花，有的还在含苞待放。整个山腰银装素裹，今年的雪比往年多，听说是因为雪崩，把雪都抖落下来了。我们每走五分钟就歇一脚，途中下起雨来，我们换上登山服，一路只能走走停停。背夫上条先生走在最前头，我紧跟在后。或许是自己多少已经习惯爬山了，感觉比去年前年要轻松许多。

仔细想来，自从去年登山归来后，我做的每件事似乎都是阻挠登山的。熬夜、通宵工作、喝酒、开车出行，几乎连正常走路的时间都没有了。若是像这样突然爬起山来，恐怕身体都会吃不消的吧。

三个小时后，我们来到涸沢脚下的第一处雪溪，这里的花楸从雪地上冒出了黄色的嫩芽。

四点到达涸泽小屋。这里被前穂、吊尾根、奥穂、涸泽岳、北穂等群山环抱，像极了一个钵，这钵的底下就躺着涸泽小屋。小屋四周雪山环绕，距离上次来访正好相隔一年。去年的昨日，七月六日晚，我也宿在这里，去年的今日上午我已登上穂高小屋，只是下午遇到暴风雨，把登山服都淋湿透了，最后花了十三个小时才冒雨回到德泽。那段艰辛的往事太过深刻，任谁直到现在都无法忘怀。

七点用餐。有瓜生先生的杰作蔬菜沙拉，还有有马先生的炖竹蕨，这竹蕨还是他爬山时采摘的，美味极了。喝了点啤酒，想着明天还要早起，加之这里连电灯都没有，于是大家九点就早早睡下了。生泽、野村、长女、阿部小姐还有我，我们五人住一间房。疲累与寒气让我半夜醒来了三次。第一次醒来时看了看表，正好十一点，我出去走了走，那寒气简直令人瑟瑟发抖。屏风岩完全弥漫在雾气中，吊尾根也是雾气缭绕，只有前穗高岳与北穗高岳从蒙蒙雾气中探出一点头来。

两点半，我又起身出去了一趟，雾气依旧浓重，月半弯挂在北尾根的六峰上，勾勒出一圈小小的红晕。

四点半醒来时，一轮白白的上弦月已爬到了四峰上方，整个涧泽枪至前穗高岳一带都笼罩在晨曦之中，那一抹橙色带着无法言喻的暖意，只是到处都看不见太阳，我正想着是不是搞错了，结果一看表，果然才四点半。在山里总是睡得很好，也休息得很好。发白的岩石，轮廓鲜明的山峰，还有长在岩石上的岳桦那抹绿色也愈加浓郁了。五点半，太阳渐渐从屏风岩的岩顶探出头来，穗高岳与另一边的东大天敞露在清澈的蓝天之下。据说这里有朝霞就会下雨，可今天并没有。

七月八日

六点起床，七点出发。无可挑剔的晴天。这地方总是下雨，可这回竟然幸运地遇上晴天了。我问了小屋的人，今年到现在，来涸泽的约有五百人，其中半数到这儿就下山了，另一半则往奥穗、北穗去了。原来今年来的人意外地少。

我们排成一列，沿着小屋后的雪溪朝北穗行进，不久来到一处小雪溪。三木氏从昨日开始就抱着相机时不时飞出队伍到处拍照，也因此比别人落下一半的路程，可他的首次登山之旅依旧令人惊叹。正担心他下一秒是不是就该精疲力竭了，结果仍丝毫瞧不出一丝疲态。

越过雪溪，穿过岩场，然后又是一处雪溪。我们在雪溪正中的大岩石上小憩，一看时辰，八点了。从屏风岩四周涌起一股雾气，小屋已经看不见了，一行人开始在鞋子上装上防滑套。

攀上山顶侧棱旁的岩场，向下俯瞰，只见一片雾海茫茫。空旷的碎石场没有遮蔽之处，在阳光下稍一动弹就大汗淋漓。前面是一处大雪溪，瓜生君、长越君还有背夫拉起登山绳，一行人牵着绳蹚过雪溪。

又是一处岩场，这处岩场坡度太大，以至于难以下脚。

这里只有矮松，高山植物大多才刚冒出新芽。可从这里看到的天空，不管是云的形状、流动的样子，还是天空的一抹湛蓝之色，都已是秋天的模样。俯身望去，雾气中只能窥见蝶岳的山尖儿。我们被身后的雾气追赶着，继续向上攀登。岩场途中有一处花田，栂樱的桃色小花、山野草的白色小花、高山火绒草的淡粉小花、信浓金梅的黄色小花，它们都小小的，惹人怜爱。又是一处雪溪，我们又拉起登山绳。瓜生君与长越君陪在患有高山症的野村氏身旁，野村氏是这次登山大联欢中最年长的一位，从前年开始就一直跟我们一起登山。他爱爬山，只是爬到高处脚就不听使唤了。

十一点抵达穗高小屋。小屋周围雾气笼罩。午餐。奥穗高岳已经完全消失在大雾中，我们只得临时改道前往涸沢岳，那边的雾要薄些。野村氏因有些乏了就留在了小屋。涸沢岳是岩石堆起来的山，一行人一边小心地试探脚下一边一步步向上爬去。流动在身边的雾气来了又散。

一点，终于登上山巅。稍事歇息后雾也散去了，这日暮之景简直超乎想象。断崖之下浮现出龙谷的全貌。穗高岳靠近飞弹的一侧剜进去一大块，于是就形成了这个山谷。

这里也是《冰壁》主人公鱼津遇难的山谷，北穗与涸沢枪就在这山谷之下。

两点，回到穗高小屋，小憩后开始下山。四点半到达涸沢小屋，又马不停蹄地向德泽赶去。归途中，一行人只默默赶路。过了横尾的汇流处，天色渐暗，一行人如同强行军般昼夜兼程。最活跃的三木君许是也累了吧，走在队列中始终未发一言。在梓川的河滩上休息时，生泽氏还把自己的背囊说成是别人的，或许是被渐浓的夜色模糊了视线，抑或是太累了吧。

八点半，从林间依稀透出德泽园的灯火，远离工作的第三天即将结束。不知谁在我身后说了一句"等到了德泽园，真想马上就来瓶啤酒"。听到这话，顿觉腿重得像石头一样无法动弹，好像不用双手去抬就动不了似的，这让我连自己都觉得不可思议。脱了队的我落在他们后面，抬起两条沉重的双腿缓缓朝前走去。

（《新潮》1958年9月；《井上靖随笔全集7》学习研究社，1983年）

穗高的月·喜马拉雅的月

昭和三十一年（1956年）九月，我第一次和喜爱登山的好友一同攀上穗高岳，宿在涸沢小屋赏月。原本并非是为了登山，只是想寻一处赏月佳地摆一桌赏月宴，正四处物色之时，有人说去上高地赏月如何如何，又有人说，都去了上高地，不如索性去德泽小屋更妙，就这样，最后变成了去穗高岳的涸沢小屋赏月。

在这之前，我与山好像没有什么缘分。虽已经年过半百，却没爬过什么名山，全然不知登山为何物。

幸而这次的登山赏月，让我见识了梓川的美，也领略了长着扁柏、银杉、山毛榉、白桦、连香树的森林有多美。我还亲眼见到北穗高岳、奥穗高岳、前穗高岳这些穗高连峰，被这些山峰环抱的盆地中有一小屋，我们就宿在那里。说是去登山赏月，实则迟了数日，出发已是九月下旬了。虽指望不上满月了，可我们仍在夜里的涸沢小屋小酌着等待月亮的降临。

我们那日绕过屏风岩的山脚来到了小屋，八点四十分，月亮就从那屏风岩的山肩探出头来。我们穿上毛衣冲出去一瞧，只见一轮椭圆形的月泛着一丝朦胧的红晕。奥穗高岳的山腰如深深剜进去一般，月亮越爬越高，前穗高岳的山影也随之投影在那上面。不可思议的是，再也看不到北阿尔卑斯山脉在白日里壮阔的景象。群山就好像约好了似的沉默不语,月亮也是,它不快地俯视着巨大的黑色山体。我们的期待终究是落空了,我们没有等来照亮一草一木的皎皎明月,也没有一个人说那轮月是美的。

夜晚,我又出去走了走。月亮升到了前穗高岳的正上方。月光洒在奥穗高岳与北穗高岳的山腰上,让那里看起来泛着白光,而其他群山依旧昏暗一片。我终于意识到古往今来的赏月之地都是在大海、原野这样的开阔之地,高山从来就不是赏月佳地。

可是,如果穗高岳只如我在白天看到的那样明快、美丽、庄重,我不知道我是否还会被它所吸引。到了夜晚,它完全变成另一副模样,阴郁、沉默、笨重地坐在那里,就好像山真的有灵魂,感应着山中不幸的山难。那些登山家也曾邂逅夜山的阴郁吧。

登山赏月结束归来后,从此次同行的朋友Y君那里听说了尼龙登山绳的事儿①,我当时就想把它写进我的小说里。如果没有此次登山赏月之行,我既写不出山难的故事,也不会萌生写下这个的想法。除了白天的山,还有夜晚的山,是它们让我在内心深处萌生出写山的想法,而夜色下的山,它

---

①昭和三十年(1955年)一月二日,隶属登山俱"三重县岩稜会"的中央大学学生石原国利、若山五朗、泽田荣介三人在攀登北阿尔卑斯前穗高岳东壁时,若山五朗因尼龙制登山绳断裂而坠崖死亡。

在我心中的分量不亚于白昼的山。

我还见过一次高山之月，那是在昭和四十六年秋去喜马拉雅山旅行的时候。我与生泽朗等人一同乘坐小型飞机进入喜马拉雅山区，组成了一个二十六人的旅行团。从卢克拉出发，我们途经有名的楠切巴扎、昆均等村落，它们都以夏尔巴人的村落而闻名。第三日，我们抵达谭波切，就在这个海拔高达四千米的喇嘛寺的台地上，我见到了十月的满月，这也是此次喜马拉雅之行的目的。早在满月的头一天，我们就已守在严寒中苦等那轮月亮，那寒气仿佛要将一切都冻结似的。当周围天色渐暗，我站到台地上，近在眼前的康特嘎峰支棱的山肩处愈发明亮起来，不久，月亮便探出头来。当月亮完全显露在眼前时，我一看表，五点五十七分。几乎同一时刻，右手边的阿玛达布拉姆峰从雾气中逐渐清晰起来，露出白色的真容，美丽极了。阿玛达布拉姆峰与康特嘎峰两座白色的雪山闪耀着银色的光芒，而其他的山峦都还包裹在雾气之中。实在太冷了，简直没法在户外长待。

十点，我又出去瞧了一眼，月亮比刚才爬得更高了。环绕台地的群山陷入一片黑暗之中，刚才闪着银白光芒的阿玛达布拉姆峰与康特嘎峰也渐渐变暗了，只有寺里的僧院在黑暗中浮现出白色的身影。

深夜两点，我又出去了。这次连僧院也变得一片漆黑，只有雪山泛出银白色的光芒，还有珠穆朗玛峰、洛子峰、阿玛达布拉姆峰也映衬出闪耀的光芒。月亮爬到了台地的正上方，可照亮的只有雪山。

喜马拉雅的月也绝对算不上是一轮明月，带着初劫般的昏暗，也带着永劫般的世俗之气。可我在山体被皑皑白雪覆盖的冬天看到的穗高之月，不正是同样的感受吗？

连载《冰壁》的时候，我又去了穗高岳，好几次漫步在穗高岳四周。《冰壁》的连载结束后，我又三次登上了穗高岳。奥穗、前穗、北穗，我全都爬上去了。只是已年过五十，登山时的模样绝称不上英姿飒爽，行囊大抵都是拜托别人拿着，自己则空手一点点往上爬。即便是这样的登山，仍然是危险重重。有一次，从北穗冒着暴雨下山回德泽时就差点遇险。

若是年轻人，如果遇上好天气，登山就成了跟危险二字毫无关系的一大乐事。可一旦变了天，不管多神气的年轻人，他们的生命总会轻易地被死亡所吞噬。雪崩、严寒、起雾，大自然一次又一次使出各种手段去挑战这些年轻人，而年轻人也必须使出浑身解数去对抗它。周到的准备自不必说，经验和正确的判断也是必不可少的。如此一来就变成自然与人类的抗争。大自然可以有无数种手段,可人类的手段却是有限的。

说到登山,我总会想,人在与山的斗争中是会赢还是会输呢。可如果这样去想,那么登山的遇难者们不就成了在与山的斗争中输掉的人了吗。那他们的死亡是不是就变成失败者的死亡了呢?这样说也许有些无情,可爱着山,长眠在山中的那些年轻人或许不会拒绝这样的说法吧,抑或是没有人比他们更赞同这种说法了。

法国勃朗峰的山脚下,有一座叫夏蒙尼的美丽小城。那里的墓园里立着许多勃朗峰登山遇难者之墓。虽然那墓地很是粗陋,可他们就这样与生命陨落之山相守相望。他们是在山中失去生命的,对他们来说,再也没有比这儿更好的长眠之地了吧。我上前瞧了瞧墓碑上刻的字,他们之中既有牛津大学的学生,也有在1897年那场雪崩中殒命之人,其中一座墓碑的碑铭上刻着"挑战于山而败于山"。

这铭文若是父母想出来的,定是蕴藏着他们对登山遇难的孩子的爱情。若这铭文是朋友写下的,那定是蕴含着他们对死难者的尊重,而我也在那座碑前弯腰鞠了一躬。

今年秋天(1974年9月12—15日),时隔数年再次登上穗高岳,宿在涸沢小屋。月亮出来了,与我多年前第一次登山赏月时看到的那轮红月一模一样。撒在夜幕中的点点繁星让夜空变得美极了，月亮一如既往地带着一丝阴郁，而群山还笼罩在昏暗之中，似乎露出不悦之色。

翌日，我们来到屏风岩的山坳处，从那里下到奥又白的本谷。这条路线还是第一次走，距离我第一次登山已经过去十七年了。下山于我来说就像苦行军，可当我看到奥又白壮丽的风景时，不禁又会想，这条路果然没选错。

我们一行人中，有《冰壁》主人公的原型石原国利先生。当然，这里的原型仅限于尼龙登山绳事件的部分。故事原本是虚构的，与他毫无关系。石原氏在本谷的河滩小憩时问我，"要不要去拜祭一下若山五朗君的墓"。若山五朗是《冰壁》另一个主人公的原型。石原是在尼龙登山绳事件中活下来的那个人，而若山就是遇难的那一个。作为《冰壁》的作者，我理应前去拜祭一次，可一直苦于没有机会，就这样蹉跎了十多年。

石原氏是岩稜会的人，那日他与岩稜会的人比我先行一步去打扫若山五朗的墓地，我晚了十五分钟才出发。

墓在奥又白本谷右岸的一片森林里。先行的人已将墓地打扫得干干净净，墓前供着不知名的山野小花，还用小石头垒起了石堆。墓碑上只刻了"若山五朗君"几个字，我上前鞠躬拜祭。生前，我与他素昧平生，死后，却把他遇难的事迹写进了我的小说里。我跟他的缘分还真是奇妙啊。虽是森林,可这儿到处都有巨石滚落,大大小小的流木横七竖八地倒在地上。在这荒凉之地,只有那座墓被灌木丛包围着,辟出一块安息之地来。夏蒙尼遇难者的墓自是不错的,可这若山五朗君的墓也能望见奥又白的大岩壁与山腰,于他而言许是再适合不过的长眠之所了。

(《每日新闻》1974年10月6日;《我们的一期一会》每日新闻社,1975年)

大佐渡小佐渡

"船开进两津湾啦",听见船工的欢呼声,我走上甲板。船的左右两侧都是积雪覆盖的白色雪山,巍峨地矗立在海的那一边。五百吨的黄金丸号就在这两座白色雪山环抱的巨大海湾中稳稳地前行。黄金丸前方的海面上,就在左右两座山峰的交合之处出现了一片洼地,在大雪中也被染成了一片纯白之色。那片洼地的海岸一角,露出一排小小的人家,一户紧挨着一户,就那样立在海边,仿佛下一秒就要沉入大海似的。那就是两津町。

甲板上积了薄薄一层雪,细雪不知何时开始飞舞飘落。与我同行的福田恒存与文艺春秋社的田川博一二人比我早一步踏上甲板,他们一边小心地护着相机一边不停地按下快门。

欣赏雪中佐渡就是我此行(1953年)的目的。临行前,我也听说了这里流传的种种说法,例如"佐渡的雪不多""佐渡这个地方几乎看不到积雪,就算飘点雪也会被风吹得干干净净"之类的。可现在一点点显露在我眼前的佐渡岛却是白茫茫的一片雪中大陆。"雪中大陆"虽出自我笔,可觉得它像"大陆"的绝不止我一人。"先映入眼帘的是左手边以经冢山为主峰的小佐渡山脉,接下来就是右手边以金北山为主峰的大佐渡山脉",很早以前,太宰治就在他的《佐渡》一文中把这两座山误认为是完全不相干的两座岛。兴许太宰治在看到大佐渡山时想起了满洲，才会如此惊奇吧。不过这也不奇怪，第一次亲眼看到佐渡的人都会充斥着这样的感受。连接大小佐渡两座山脉的纽带是被称为国中平原的广袤洼地。曾来过一次佐渡的田川君也不禁感叹，"好大的岛啊"。不管是谁，初次邂逅佐渡岛时留下的印象都尽在"好大的岛啊"这一句话里了。我也是如此。它是绝海中的孤岛，是顺德院、日莲，还有其他许多罪人的流放之岛。自幼年始，佐渡在我根深蒂固的印象里，就是这样暗无天日、荆棘丛生的小小蛮荒之地。我在东京开往新潟的列车上拜读了青野季吉的《佐渡》，虽说对佐渡的认知有了一些改观，但我实在没想到佐渡有这么大。

站在我身旁的年轻船员望向两津港的方向说："佐渡已经好多年没这样下过雪了。"每回坐船，我都能遇到一两位这样的船员，他们总是一直望向船驶入港口的方向。明明是早就看惯的风景，没什么可新鲜的，可他们却如同乘客一般，眺望的眼神中带着一丝热切，就像驶入的是一处从没到过的陌生港口。这时的船员显得与他们的职业格格不入，却有种莫名的美。

特别是现在，想必数年久违的雪中佐渡正深深地吸引着他的目光。

在两津码头下船已经快五点了，来接我们的是《新潟日报》佐渡分局的年轻记者本间君。等出租车时，我们走进轮船公司的大楼。户外的雪下下停停。田川君与我一开始就是为了欣赏雪中佐渡的"工作"而来，可福田恒存却有些不同，他是我们在东京开往新潟的列车上偶然遇到的，之后便与我们同行了。只有他是纯粹的局外人，此次邀请他加入佐渡之行竟是出于对他的责任感，不知为何，当我看到他戴着滑雪帽站在轮船公司前的广场上瑟瑟发抖的模样时，一种责任感顿时油然而生。

我们从两津坐出租车前往相川町，一路驰骋在雪中的国中平原。日渐西落，映在车灯前的霜霰狂乱飞舞。

地图上说我们会经过平原上的吉井、千种部落，最后到达这个岛另一头的真野湾。其实我们还途经了河原田、泽根部落，可是天太暗了，只能隐约看得出是个村落。分局的本间记者告诉我，青野季吉[①]就出生在这个村里，而现在，这个叫泽根的村子已完全笼罩在一片银装素裹之中。

大约一个半小时后，我们抵达相川，入住旅馆。正用餐时，《新潟日报》的坂井先生来了，他现在是佐渡分局的局长。

[①]青野季吉(1890—1961)，生于日本新潟县佐渡岛，日本无产阶级文艺评论家。

"今天，这里的剧场有有田八郎的演讲会。演讲会后，这个旅馆还有场宴会，有五六十个相关人士参加，届时还得劳烦您专门去一趟，多有麻烦，望多多包涵。"

听坂井先生说，相川矿山本有"佐渡金山"的美誉，可现在也几近废弃了，只留下一百四十名劳工守在那儿做保安。因为之前的矿脉几乎都挖断了，除非找到新的矿脉，不然也没法再开工了。现在留下的劳工虽也在勘探新的矿脉，但政府的补助金只有每米八千元，实则成本高达两万元。所以，公司对这种不抱什么期望的事业也热心不起来，只留下那一百四十名员工，将其他人都撤了回来，实际上已是濒临关闭的状态了。

相川町一直以来就是靠矿山起家的，如今要是关了矿山，对相川町来说就是生死攸关的大事了。因此，佐渡出身的有田八郎在公司与町政府之间来回奔走，后来说是公司愿意拿出一个亿资助相川町。

"今天的这个活动好像就是町民对有田先生的感谢大会呢。"

坂井先生如是解释了一番。听说坂井先生已经五十六岁了，在当地生活了十年，对当地的事儿，还有地方上的前尘往事果然都一清二楚。而且他一说到佐渡就停不下来，简直就是活字典，矿山的事儿，能乐①的事儿，几乎没完没了。

田川君问"剧场那边不去不行吗？"我说"还是去露个脸吧"，坂井先生听到我的回答感谢得直对我鞠躬。看来，比起当地的名人，我们这些专门来佐渡赏雪的人更让他上心。不过，他也比说好的时间迟了一个多小时才出门，出门时只见他头顶满洲军人戴的防寒帽，身裹皮毛领外套。听旅馆的女侍者说，有田八郎的演讲会完了以后还有相川音头②、佐渡阿晨小调等余兴节目，而且听说村田文三也会出演，他最近出唱片，上电台，变得颇有名气。我暂别福田君与田川君，算好余兴节目开始的时间，向年轻的女侍者问好路后只身前往剧场去了。

小小的人家一户挨着一户伫立在狭窄的道路两旁，它们的房檐都矮矮的，八成临街的商铺因为下雪都关门闭户，街上一片冷清。只有行色匆匆的妇女们胸前裹着栗色的羊毛披巾，几乎将半个脸都埋进去了。

到了剧场，时辰尚早，可小小的剧场已被三四百人的看

---

①能乐也被称为猿乐，是日本传统的艺术形式之一，广义上还包含式三番与狂言，是由日本十四世纪室町时代的观阿弥与世阿弥父子集大成的歌舞剧。2001年被指定为世界非物质文化遗产。

②新潟县佐渡市西北部以旧相川町为中心流传的一种民谣，源于盂兰盆会舞时唱的曲调，现其歌词多取材于《平家物语》。相川音头是佐渡代表性的歌谣，大正十三年（1924年），由村田文三等人创立了包括相川音头在内的佐渡地方歌谣的表演团体立浪会，致力于佐渡地方歌谣的保存、研究与普及。

客挤满了，只听有田八郎正在讲"美俄战争之始末"，大抵过了十分钟，剧场的某个角落突然传来叫喊声"着火了"。场内霎时陷入一片混乱，看客全朝入口的方向涌去，而我也夹杂在人群中逃离了现场。

后来才知道所谓的火灾只是一场小火，还是在离这里有五六町远的地方。那之后只有半数人回到了剧场，于是，围着披巾的妇女们与我就这样占到了中间的位置。

有田先生的演讲结束了，马上就是余兴节目了吧，结果又说要成立有田八郎后援会，还任命了会长和委员。于是，任命的会长和委员又分别致辞礼赞有田八郎，总之就是轮不到余兴节目。每换一个人上台，妇女们就从披巾里把手伸出来鼓掌。

终于轮到期待已久的余兴节目了，这时距离我到剧场已经过去一个多小时了。上台表演的是立浪会的诸位。这个立浪会是以村田文三为中心组织起来的，听说都是业余出身，大部分是在矿山工作的人。最近大量劳工都去了矿山，立浪会的人也少了一半，今天的表演全靠新人撑着。

唱歌的有三人，除了彪形大汉村田文三以外，还有一个高高瘦瘦的人和一个小个子。村田文三已年过七十，其他二人也快六十了。三位歌手轮流唱着，台上的伴舞就跟着跳着，伴舞的各位均身穿浅黄色和服，脚踩日式袜子，头戴苔草斗笠，伴奏的是三味线和鼓。

唱歌的人中果然还是村田文三最有看头，这也多亏了他用尽全身力气扯开的大嗓门，不过最精彩的还是在他脸上。轮到自己表演时，他就把大脸朝向观众，如果从远处看都很大的话，那张脸应该是真的很大了吧。只见他瞪大双眼，咧开大嘴，朴素的声音和着朴素的调子就这么唱了出来，那歌声中充满了自信。

跳舞的诸位倒是显得过于讲究了些，反而让人失了兴致。以前，只要到了矿山祭祀的那一日，就连在矿山充当劳工的罪人们都可以不拘身份一起唱唱跳跳，戴着苔草斗笠跳舞的习俗就是从那时传下来的。

不管是相川音头、相川甚句还是佐渡阿晨小调，从村田文三的嘴里唱出来，都带着特别的厚重感，形成浓浓的悲调，让人赞叹不已。

这原本就不是在舞台上跳的舞，许是这个缘故，舞蹈散发出女性的柔弱感，与歌谣显得格格不入。

回到旅馆，正好碰上福田君与田川君二人从外面回来。我出去以后，他们接到坂井先生的电话，果然也往剧场去了。听说坂井先生不知从哪儿搬来三把华丽的椅子，摆在剧场最前面的位置等我们。

田川君开玩笑地说："演讲会的主宾尚且还坐木椅子呢，

就给我们准备了这么华丽的椅子。"

坂井先生真是为了我们连一把椅子都如此上心,就连那晚在大厅里举办的宴会他也没去应酬,一直陪着我们到很晚。

宴会也请来了村田文三,且又请他唱了相川音头和佐渡阿晨小调,这回比在剧场时唱得精彩多了,或许是没了伴舞,反而少了碍事的。

近看村田文三,他的耳朵、眉毛、眼睛、鼻子,整个脸比普通人大了一轮,虽已七十一岁,体重竟有二十一贯[①]。

听福田君说,他与福田君的父亲还是同岁。村田文三出身相川,自小进了矿山,经历了种种后,四十五六岁时开始录唱片,一跃成了名人。

"在矿山的时候,我就开始和着传送带的节奏吟唱佐渡阿晨小调了,还不是信手拈来",说着他就起了调子开始唱。这位老歌手在舞台上唱得很是自信,可到宴席中间反倒有些扭捏起来,一直低头吟唱。

过了十二点,我送坂井先生到玄关的时候,雪还在下。

"明日还请早起,不然后面就不好安排了",坂井先生留下这么一句话就走了,似乎已为我们安排好了行程。

我看着他的背影,真心觉得他与明治军人挂着绶带的黑

[①]日本尺贯法中的重量单位,1贯=3.75kg。

色军服分外相配，或许是他身上也有军人的一面吧。他是一个端正、木讷、热心的好人，只是有点喜欢固执己见。

福田君说他"定是佐渡的头面人物"，要我说，"说不定他就是佐渡的老大吧"。而田川君则担心起他给我们安排的行程来，"还是多留意留意咱们的行程吧"。确实，坂井先生给我们推荐的地方实在太多了，还说是来了佐渡就不能不去的地方。

回到新潟后，向新闻社的年轻记者们一提起坂井先生，我就会说"那人是坂井佐渡守①"，既不是头面人物，也不是老大，坂井先生就是坂井佐渡守。

现在，只有佐渡还流传着文弥木偶戏，为了去看文弥木偶戏，我们正准备坐出租车前往离相川町有八里地远的外海府村。

据说冈本文弥创作出来的正统文弥调及其木偶戏，如今只有佐渡的几个岛民才会了。我之前听过一些，不过也不甚了解。

听坂井先生讲，木偶戏的艺人大多集中在外海府村，主要有北村宗演与中川关乐两派，这二人都是普通的村民。北村有五十五六岁了，中川已年过八十，他们又是全国巡演，

---

① "守"是古代日本国家对地方最高行政长官国司的称呼。

又是灌唱片，在佐渡的木偶戏界都是不可或缺的存在。

人偶傀儡师相马秀藏也是外海府村的人，今年六十八岁。他与新穗村的一度照造并肩成为仅存的两位正统傀儡师。听说他们也只有两三个继承人在外海府村而已。一度照造不仅是傀儡师，还是唯一的一位人偶制作师。当然，这二位也都是普通的村民。

要说文弥木偶戏怎么就在佐渡这个离西伯利亚都不远的荒凉渔村里流传下来了呢，定是因为这里实在是没别的娱乐方式了。

文弥木偶戏曾经风靡佐渡全岛，可逐渐被时代所淘汰，日趋衰微。尽管如此，大正时期，文弥木偶戏在外海府沿海一带的村落里还很盛行。听说高千村等沿海十二个村落各有一座戏台。但现在，高千、外海府两个村落只剩三个戏班子，佐渡全岛加起来也才七个戏班子。

而且艺人和傀儡师也只剩刚才说的那几位了，可以说几乎处于濒临失传的状态。

我们与坂井先生坐上出租车，这趟行程多亏了坂井先生，他跟高千村和外海府村的人通了电话，说是要把各派大师和傀儡师都聚到一起。

"怎么说都有工作在身，村落之间也隔得不近，况且还下着雪，恐怕要联系上他们也非易事，姑且先去看看吧。"

听坂井先生这么一说，我心里顿时没了底。虽对木偶戏没抱太大希望了，不过，能去看看外海府沿海一带的险峻海岸线也是好的，福田君和田川君也跟我的想法一样。

从相川町到外海府村有八里路，沿途有二十三个村落。车就沿着曲折蜿蜒的海岸线驶过每一个村落。

出了相川町，大佐渡险峻的白色群山就出现在我们眼前，那层峦叠嶂的山峰就交错着伫立在海岸边。

开出相川町约一里远的时候开始下雪了。左手边的车窗外是一片海岸边的荒凉景象。黑色的波浪拍打着断崖，靠近海岸的地方散落着大大小小的岩礁，黑色的海水只有在那些岩礁的四周才会呈现出明亮的青绿色。

海与山之间巴掌大的波涛汹涌之地，零星分布着不少村落。小的有数户，大的有数十户，远远望去，仿佛下一秒它们就会被青黑色的海面所吞噬。

透过车窗，只见每个村落的屋檐上铺满了雪，让人觉得宁静。没有艰险，也不是与大自然的抗争，而是人间之物被涤荡之后毫不遮掩地露出真容来，如此娴静安宁。

尖阁湾前的断崖脚下，有数十户人家排列在海岸边，整个村落都是平房，整齐和谐地依偎在一起，美得像一件工艺品。听坂井先生说那是一个叫达者的村落，达者这名字也不错。

从这一带开始，大佐渡看得越来越清楚了。只见丘陵铺满雪的山腰上，小小的柏树长出了叶子，颜色是像纸屑般的茶褐色，上面带着刺。说是树，其实都是矮小的灌木。

途中路过一个叫北狄的村子，这个村子坐落在一个海湾里，海湾不大，被一个也不大的半岛环抱着，里头就住着约上百户人家。村子安静极了，仿佛屏住了呼吸让人感受不到一点存在的气息。路经这里时，车窗外开始变天了，暴风雪就要来临。

大家停下车，站上断崖拍照，海岸边还有几块冒出水面的巨大岩石。

我向来对拍照没什么自信，拍了一张之后便站在暴风雪中俯视那些岩石。

这里看到的岩石，还有外海府临海一带的岩礁都带着若有所思的神情，那样沉默，难以取悦，姑且就叫它"思考之岩"吧。

有沉寂的村落，有黑色的潮水，还有"思考之岩"，车子就缓缓地行驶在这条海岸线上。

不知何时，雪又停了。车子的前方，村民们牵着牛儿走在路上，看起来好像很冷的样子。没过多久，坂井先生告诉我"这里就是佐渡最险的地方了"。他口中最危险的地方就是南片边一带，我们正沿着断崖旁七弯八拐的小路驶过这里。

这一路上，我们经过了北片边、石港，还有屋顶铺着石子的小村落。这一带的村落在临海处都种有薄竹，是为了防风防潮的一道屏障，因而每家每户看海的方向都被这道屏障所遮挡。不知这里的人们是不是都待在家里闭门不出，外面几乎看不到人影，偶尔有人也都是孩子。海中的岩石非常多，"是莎乐美[①]在亲吻它吧"，听田川君这么一说，果然，那巨大的岩石正傲然挺立在波涛汹涌的潮水之中。

自从驶入这一带，偶尔能在断崖底下看见一排面朝大海的墓碑。走近一看，只觉眼前尽是墓碑，静静地任由大浪打在身上。看来在这里，人的死亡没有丝毫不幸，反而受到了隆重的洗礼。

右手边是山，山里的柏木长着茶褐色的叶子。明明长在风口，叶子却风吹不落，还真是神奇。叶子上枯掉的薄穗十分显眼，看来也是颇为坚韧的植物。在高千村的村公所附近，我们停车小憩。只见有户小小的人家，玻璃门上写着"弹正锻冶屋"。门前站着一位个子不高的人，像是这户人家

[①]《圣经》中犹太大希律王的女儿，据《圣经》记载，她帮助母亲希罗底杀死了施洗者约翰。这个故事后被英国戏剧家奥斯卡·王尔德改编成戏剧《莎乐美》。剧中，莎乐美是个年仅十六岁的妙龄美女，由于向约翰求爱被拒，愤而请希律王将约翰斩首，把约翰的首级拿在手中亲吻，以这种血腥的方式拥有了约翰。

的主人，我问他"为何叫弹正锻冶屋呢？"他说，"弹正正是在下的姓氏"。

弹正先生家旁的丘陵上满是柏树，上面长着之前说的那种叶子。一问才知道，这地方都叫它压顶木，因为海边的潮风让它总也长不高。

"哇，终于到了。"

坂井先生停下车，表情就像松了一口气。何止坂井先生一人，是我们大家都松了一口气。我们朝海边走去，没多久就看到一处农户模样的人家。四周无人，坂井先生走了进去。

这户人家的主人大谷先生，还有三位老人正等着我们，他们都是人偶傀儡师。大谷先生递给我的名片上写着他是土木会社社长，但他怎么看也不像是社长的样子。这样说好像有些失礼，不过他现在的模样倒是挺适合坐在海盗船张帆用的柱子底下，壮硕的身躯裹着宽松粗糙的棉袍，脸上胡子拉碴，右眼是义眼，可是他一张嘴说话，神情就变得十分温和。他就是文弥木偶戏唯一的赞助人。而其他三位傀儡师中有一位也是义眼。

屋内已搭好戏台，深棕色的垂幕、黄色的帷幕，还有后面的舞台与背景都已经准备得妥妥当当。

只有表演的几位还没来了，坂井先生开着我们坐的那辆出租车去外海府村接北村先生，我趁机观察起人偶的头还有身上穿的衣服什么的。文弥人偶比文乐①的要小些，眼睛和嘴巴都动不了，也没有手和脚，只有头能动，所以一个傀儡师就能操纵。大谷先生家中的人偶只有一个不是照造先生的作品。这文弥人偶没有文乐人偶身上独有的清冷气质，且若是女人偶的头，文弥人偶的眼睛要细长一些，而且都没有勾脸谱。

北村宗演先生一到，表演马上就开锣了。表演者是北村宗演先生，赞助人大谷先生充当预备役。相马秀藏、川岛常藏、池田次郎作三位是傀儡师。如果一度照造先生也来了的话，那简直就是最强阵容了。

第一个曲目是"怀孕的常盘②"，接着演"姬山姥③"。

---

①全称为人形净琉璃文乐，是人形净琉璃的一个系谱，以大阪为发源地。人形净琉璃是日本传统的艺术形式之一，兴起于江户时代初期，是以三味线为伴奏乐器，使用人偶代替人身的说唱曲艺。江户中后期，人形净琉璃的风头逐渐被歌舞伎盖过。十八世纪末至十九世纪初，兵库县出身的正井与兵卫在大阪中央区开设人形净琉璃剧场，重振人形净琉璃。1872年，正井与兵卫之孙将剧场迁至大阪市西区，取名"文乐座"，自称文乐翁。"文乐"之名由此得来。明治末期，文乐座成为唯一公演人形净琉璃的指定剧场。

②人形净琉璃的曲名，由近松门左卫门所作，于宝永七年（1710年）首次在大阪公演。该曲目主要讲述了常盘怀了平清盛之子后出逃未遂，牛若丸（源义经）与弁庆乔装成马夫与产婆帮助她的故事。

③人形净琉璃的曲名，由近松门左卫门所作，于正德二年（1712年）首次在大阪公演。该曲目主要讲述了四位武将是如何成为源赖光的家臣，并在若狭国（今福井县）高悬山消灭鬼怪，最后荣归京都的故事。

本来福田先生想看"国姓爷①"的，结果因为演出服不齐，只得作罢。

在"姬山姥"中，泽泻姬有句唱词，"如此漫漫长夜与谁共眠"，相马先生将这句对白中泽泻姬对失踪的赖光寄予的思慕之情表现得淋漓尽致。

在那扇玻璃大门之外，是一条山脚下的街道，街上一个行人也没有。不知何时，又开始飘雪了。

从事木偶戏这个行业的人都是上了年纪的普通村民，可人偶一到这些人手中，立马就变得活灵活现。自是比不上文乐人偶的精致与细腻，却有种与周围融为一体的朴素之美。他们是令人赞叹的艺术家。

我们四点离开大谷先生家，六点回到相川。虽然天色已暗，但我跟田川君还是决定出发前往小木。正好福田先生要去参加一个座谈会，出席的都是两津爱好戏剧的年轻人。因此，他顺带开车捎我们一程到河原田町。

我们与坂井先生约好明日午时在真野町的巴士站碰面。"中午会不会晚了些啊"，坂井先生似乎想把碰面的时间提前一些，可田川君与我实在是太累了，还是与他约在了中午

---

①又名为《国姓爷合战》，人形净琉璃的曲名，由近松门左卫门所作。该曲目以郑成功为原型，主要讲述了中日混血和藤内在明朝覆灭后逃往台湾继续抗击清军，最终实现反清复明的故事。

见面。

在相川与坂井先生告别后,又在河原田与福田恒存先生道了别,接着在车上摇了三个多小时。夜幕降临,窗外的景色已经完全模糊不清了,过了真野町,我们也迷迷糊糊睡去了。

一觉醒来,车停在路边。司机与助手二人正用铲子在路上除雪。下车抬头一看,闪烁在天上的星星泛出一丝蓝色的光晕,远远望去就像一片静谧的大海。

到达小木町已是十点。我们住进坂井先生事先电话为我们联系的旅馆里,实在是太累了,晚饭后就歇下了。

小木是一座宁静的老城,如今它的地位已被港口城市两津所取代,早已看不出曾经的繁华。可一直到明治初年,这里都是佐渡首屈一指的门户港口。

庆长年间,自德川家康任命大久保长安为佐渡奉行后,相川町就作为一座矿山町繁荣起来,而这小木港自然也作为金银矿的转运港而迅速崛起。宽永十六年,幕府发布锁国令后,这港口又成了诸国来往船只的重要补给地。于是,这座城一时风头无两,繁盛已极。

昨夜,我们驱车驶过九里路从相川来到这里,就是为了看看这座被时代遗忘之城的模样。

小木町正值新旧交替的正月,今天是正月十一,所以旅馆特意备下了年糕汤，是用镜饼、蔬菜、油炸豆腐、豆腐烩成的一锅年糕汤。

正月十一是开仓吉日，也是庆祝渔船复工的日子。旅馆老板忆及当年，直到明治年间，这里的渔夫开怀畅饮，城中尽显欣欣向荣之景。

小木町里有一处叫城山的小岬角，内涧与外涧两条伸进来的海湾从两侧把岬角围住。站在旅馆的檐廊处望去，这两条海湾尽收眼底。外涧从以前开始就一直是商港，而内涧则是渔港，直到今天也没变过。

旅馆老板大约六十岁，早餐后，他来找我聊了许多关于小木町的事儿，"别看这里现在是旅馆，可明治时期可是海产批发店呢，全佐渡的商人都会聚集此处，赶着马儿把货物运到相川或两津港去。"

这些都是老板年少时的事了，那时的小木町虽已比不上幕末的繁荣，但听说每日进出内涧与外涧的船只也有一百五十艘至两百艘之多。如果遇上风浪，船就那么停在港口，热闹非凡。这里曾经到处都是烟花柳巷，直到现在还能听到小木艺伎之类的名号。吉泽旅馆前的宅子，还有它右手边相隔一间的宅子，据说以前都是妓院。

我想去看看那家曾是妓院的宅子，可站上宅子的廊檐，就看到本州的山清晰地浮现在远处的海平面上。南边虽不是大好的天气，可也放晴了，许是这个缘故，我才能清楚地看到这一幕景致吧。听旅馆老板说，那就是弥彦山。

本来已与坂井先生约好了中午在真野町见面，所以无论如何得赶上十点的巴士离开小木町，可因为巴士满员了，出租车也只有小型的，只好作罢。要去真野町只有沿着昨天那条路原路折返才行，小型出租车终究不安全。

我们二人决定坐中午那趟巴士，趁着等车的间隙去小木城里转了转。城里的大路两旁伫立着一排高大的房屋，比我在佐渡任何城市看到的房屋都要高大。不知为何，不管是在大马路旁的还是在背街小巷里的，这些房屋的前后都进退不一。或许修房子的人讲究的不是要与马路并齐，而是自己的房子以什么角度修最为合适。从这些房屋的空隙中远远望去，家家户户的侧面就如同一排排缓缓的阶梯。

听说这座城在明治年间遭遇了火灾，古老的建筑大多都在这场灾难中化为了灰烬，只有为数不多的地方还保留着古城的遗迹。而这里的建筑就保持着当年古城的模样，只是道路变得更窄了些。

通过小巷走到内涧岸边，这里是河口湾，有一栋叫小木市场的大楼。我往里一看，十多个年轻渔夫正嚷嚷些什么。原来是捕捞鲨鱼收获颇丰，大家都拿起网和挂钩分着战利品，听说每人能分到三四百贯。我去的时候，似乎正是这场热闹刚刚收场的时候。

小木町现在的主要产业是竹制品,只见小河或道路旁,处处摆放着一捆捆削掉的竹子。

巴士站前有两家糕点店,等车的时候,我打量着站前的这两家小店,除了点心之外还摆放着不少其他东西。权当打发时间,我走近右手边那家小店,店门外靠马路的位置堆着鲱鱼、秋刀鱼、鲭鱼等腌制品的包装盒,融化的雪水就从屋檐滴到盒子上。虽是海滨城市,但听说这里的冬天气候恶劣,总是出不了海,也只能卖这些腌制鱼。小店左手边的盒子里装着浮石①,这里不产浮石,所以都是从新潟运来的,其他还有魔芋、草鞋、纳豆、麦麸什么的。

再看看他们主营的点心,有撒了糖的饼干、黑玉、花罐等,这些在大城市已经销声匿迹之物如今就躺在这个方形的玻璃罩里。

这里的路泥泞不堪,有两个妇女正在挑鱼,看着像从附近村子过来的。她们穿着蓑衣,约莫四十岁。只见她们将鱼翻来翻去,还用手指去戳湿漉漉的鱼身,不过她二人脸上泛着年轻姑娘的光泽。

巴士晚了十五分钟发车。我们一边惦念着坂井先生一边

---

①泡沫岩。火山碎屑物的一种,有许多由内部气体吹出的小孔。用于搓垢等。

赶往真野町。还是昨天走过的那条路，只是昨天天色太暗了什么也没看见，而今天的窗外却是另一番风景。

巴士沿着三崎海岸行驶了三十多分钟后驶入山地，开往另一头的真野湾。小佐渡的山林中，道路连着低地蜿蜒前行。我们越过两个小小的雪山垭口，垭口附近有处山地村落，那里的紫竹林连着一片赤松林，有种过目不忘的美。我想起了昨日在外海府的海岸边看到的墓碑，因为这里的山腰各处也立着高大气派的墓碑。有的墓地耸立着红土筑成的土窑仓库，还有的把墓地盖成了房屋的模样，屋顶一如佛寺般气派。

大约一个小时后抵达真野湾，越过一个陡坡，波涛汹涌的大海就映入了眼帘。又到了昨夜车子无法通行的除雪之地，不知是不是因为大风的缘故，就只有这一带的积雪特别厚。远处低矮的丘陵倚着山，长满了枹栎与柏树，丘陵的末梢缓缓没入海中。

这里的风太大了，这一带的人家都在房子四周筑起一道竹墙。这竹墙就像牡丹花的冬日挡墙一样，将冬日里的屋子也遮得严严实实。

两点一到真野町，就见坂井先生踩着泥泞小道从对面走过来，"来得也太晚了吧，我已经在这里溜达两个小时了。"感到万分抱歉的我甚是惶恐，"今日我们要去哪里，能否去拜访一下一度先生呢?"我口中的一度先生就是新穗村的人偶师一度照造先生。我想起昨天坂井先生在小野见回来的车上对我说了许多一度先生的事儿。可田川君却说,"昨天一整天都耗在文弥木偶戏上了,今天还是去看看别的吧。"

"那先去真野陵、根本寺,然后再去一度那里,正好顺路。"

"如果要绕去一度先生那里,恐怕有些其他地方就去不成了吧。"

"如果不去拜访一度,确实是可以去一些别的地方,只是那些地方大抵有许多人已经写过了,但是到目前为止还没有任何人去过一度那里。"

坂井先生说的颇有道理。

我确实想见一见一度照造这位人偶大师,但是,我想看的还有好多好多。

莲花峰寺、长谷寺……,我都想去看看,可因为大雪,不论是自驾还是巴士都行不通了。

"正法寺在哪儿啊?"

听我这么一问,坂井先生面露难色。

"如果要去那里的话就绕得太远了些,一度那儿就等回来再去吧。"

现下没有闲着的出租车,坂井先生不知从哪个医院为我们借来一辆接送病人的车。趁着等车的空当正好可以先去解决肚子的问题，于是我们钻进一家叫角屋的面店，点了一碗手擀荞麦面。这家铺子坐落在相川与小木之间，听说这家面店以前在驿站也是鼎鼎有名的，而且一直以来都是有客临门才开始擀面。老板娘已经年过六十，但依稀看得出曾经是个美人。

不一会儿，医院的车来了。这车看起来真是一言难尽，四四方方的，像个铁盒子，人在里面只能面对面地坐着，坐的还是弹簧座椅。现在已经很少能看见这种车了。

这次有作为向导的乡土史专家山本修之助与书店老板池田先生与我同行，看样子也是坂井先生事先安排好的。

从真野山到真野町隔着七八个町的距离，我们行驶在盘山的御陵道上，路上堆满了雪。

传说御陵这地方是顺德院的火葬之地。这位不幸的天子在承久之变后失了势，自二十四岁被流放到佐渡后直到四十六岁薨逝，都是在这里度过的。

至于顺德院住过的地方究竟在哪里，至今也不甚清楚。听山本先生说，这里有的地方就叫做黑木御所、八幡御所，或许就是从前流传下来的地名。

传说顺德院死时的样子像自杀。尽管这里曾经藏着一段那么悲伤的往事，可这片山地看起来却是风光无限。从御陵的丘陵上望去，真野湾真是美啊！左手边是绵延无边的大佐渡群山，最前端是渐渐没入真野湾中的二见岬，果然是一幅令人畅快的景象！

回到相川町，我们与山本修之助先生、书店老板池田先生就此别过。换了医院的车，我们又冒着大雪坐上一辆出租车向根本寺赶去。这次除了坂井先生，同行的还有分局常驻两津的年轻记者近藤君。马上就要开进国中平原了，那是位于大小佐渡之间的一片广袤沃土。可如今一眼望去，那所谓的四千町耕地不过就是一片白茫茫的雪原。横穿平原的两条路边分布着星星点点的村落，流放到佐渡的名人留下的遗迹，大部分都分布在这里了。日莲[1]、世阿弥[2]、日野资朝[3]、

---

[1]日莲(1222—1282)，俗姓贯名，幼名善日，日本镰仓佛教日莲宗的创始人，生于安房国（今千叶县鸭川市），十二岁曾在安房国天台宗清澄寺师从道善房学习佛法，后四处游历于延历寺、圆城寺、高野山等地。1253年，结束游历归山清澄寺后立教开宗，创立法华宗（又称日莲宗），弘布《法华经》。后移至镰仓开展弘教活动。

[2]世阿弥(1363—1443)，日本室町时代初期的猿乐演员与剧作家。与其父观阿弥共为猿乐之大成者，留下了包括《风姿花传》在内的许多艺术批评及关于能乐理论的著作。

[3]日野资朝(？—1332)，镰仓时代后期的公卿，官位最高升至从三位、权中纳言。1324年，因被怀疑参与倒幕计划，被镰仓幕府流放至佐渡。1332年，在佐渡被处以死刑。

文觉上人①……，他们都曾在国中平原这片流放之地的某个角落生活过。

去根本寺的途中，我们顺道去了妙满寺。这寺院是一座日莲宗派的阿佛坊寺。听坂井先生说，那里面有许多日莲上人的遗物，全是货真价实的真迹。妙满寺就坐落在眼前那座饱经风霜的小丘陵上。

那日，寺里只有一位老妇留守，我们不得不放弃了瞻仰日莲遗物的念头。坂井先生走入内堂，我们就站在堂外的寺院里等他，有好几回，雪从大堂的房顶上带着呼啸声迎面扑来。

这寺院中还有日野资朝的墓，这墓主是个可怜的人儿，在这里度过了五年的谪贬生活，最后被处以斩刑。不知是不是大雪的缘故，他的墓看起来分外地凄凉。

离开这里后，我们马不停蹄地朝新穗村的根本寺赶去，大概有二十分钟车程。根本寺原本包围在一片杉木林之中，只是这些大树多在战争中遭到砍伐，如今稀稀拉拉也没剩几棵了。这里是国中平原最中心的地带，刚踏进寺院，耳畔就

---

①文觉上人（1139—1203），平安时代末期至镰仓时代初期的真言宗僧人，俗名远藤盛远。曾作为北面武士侍于鸟羽天皇的皇女，十九岁时出家。后因向后白河天皇强行要求复兴已荒废的京都高雄山神户寺而引起骚动，遂被流放至伊豆。在伊豆得源赖朝知遇之恩，源赖朝殁后，卷入将军家与天皇家的政争，被流放至佐渡，最后客死于九州。

只剩下刮过的呼啸风声。

穿过山门，我们踩着长长的青石小道向祖师堂走去。山门至仁王门之间的右手边，朝着西面平原的方向立着一扇小门，只是这扇木门着实简陋得很。这里处处飘着雪花，从那扇门中窥见的平原风景透出一种荒凉的气势。

山门一侧是三昧堂与戒坛。据说日莲来佐渡的第一个冬天就是在这里的三昧堂度过的。眼下环抱着冢原部落的这片平原，或许与流放日莲的文永年间并无不同吧。

离开这里时，天色渐晚。我们从冢原驱车前往正法寺，正法寺是世阿弥流放时曾生活过的旧居。

步入正法寺才发现，想在夜幕降临的大雪中看清这个曾留下世阿弥足迹的地方实在是太困难了。我们也不得不放弃了这个念头，只让住持在本堂的台阶前给我们看了一眼世阿弥珍藏的恶见面具[①]。

离开正法寺，大家都瘫在车上，外面寒冷彻骨。坂井先生发动车子时叹了口气，"到底还是没能去见一见一度先生啊。"真是遗憾！

我和田川君已疲惫至极，鞋子里还渗了水，脚指头已经冻得失去了知觉。想必坂井先生也是一样的疲惫吧，可他仍

[①]能面具的一种，下颌大张、双眼瞪圆、鼻翼鼓起，常用于扮演天狗、鬼畜、鬼神。

然还是提出来说,"要不先去两津找个住处,然后再去拜访一度吧。一度那儿离两津挺近的"。

接着,又问近藤记者,

"是吧,一度离那里不太远。"

"开车的话二十分钟左右,就在新穗村嘛。"

"那到时你陪他们去吧。"

"好啊,一起去。"

近藤君爽快地应承下来。我听着他二人的对话,愈加想去拜访一度先生了,不过就怕一到两津的住处,便累得不想再出门了。车开上熙熙攘攘的街道,看着坂井先生若有所思的神情,似乎在想,"若是今天还要赶回相川的话,恐怕就得在这里分别了"。可没过多久,他开口道,"罢了,还是我带你们去一度那里吧"。

近藤君问,"那你回相川会不会太晚了。"

坂井先生像是下了很大的决心,"今天我也住两津。"

出租车就这样载着一车人向两津驶去。到了两津的住处,大家都疲累不堪。可坂井先生不愧是坂井先生,"咱们这就出发吧",就算跟大家一样疲惫,他也绝不会打乱自己的计划。于是,田川君与近藤记者二人留在旅馆准备明天的行程,我与坂井先生则重新驱车前往新穗村。

坂井先生在新穗村的村头下了车,敲开路边一户人家询问一度照造先生的住处。一位年轻妇人迎出来说，"现在去的话恐怕有些够呛，他家在这后山的山顶上。"这下连坂井先生都大吃一惊，"要是山顶的话，那住的地方岂不是很糟糕。"

那声音就连坐在车上的我都听到了，我正想着是不是就只能这样打道回府了，结果他又问：

"爬上去要多长时间？"

"二十分钟左右就能爬上去，可毕竟是山里，没个引路的恐怕……"

"那能找谁引路呢？"

"你等一下，我去问问吧。"

那妇人拿起手电筒作势要出门，临出门还往车里瞅了一眼，便拐进了旁边的小路。

大约过了五分钟，妇人领着一男子回来了。那男子竖起的衣领遮住了整张脸，穿着长靴，约莫四十岁。

于是，我们跟着这位领路人开始沿着这户人家旁的小路朝山上走去。

"远吗？"我问。

"不远，马上就到。"

领路人手电筒的光一直紧贴着满是雪的路面。远处的左手边出现了一间神社，路也从这里突然开始变窄，勉强只能容下一人通过。加之路面都是被雪冻住的石子儿,十分难行。

说是马上就到,结果总也望不到一度先生的家。足足走了二十分钟,走到山脊处时,已经浑身是汗,打湿透了。

"这里就是了。"

话音一落,当我反应过来时,一度先生藏在草木深处的家就这样出其不意地出现在眼前。

屋里透着光亮,坂井先生第一个推门走了进去,

"打搅了,在下是《新潟日报》的坂井。"

听到坂井先生的自我介绍,见到突然造访的我们,这位看似已年过五十的家主眼里只剩下惊愕。

屋里铺着地板,很宽敞,中间是两张榻榻米,上面还有被炉,孩子们正围坐在那里。

"我们是来拜访照造先生的。"

坂井先生边说边脱下外套。

"是拜访父亲的吗,他不在这里。"

听到这话,坂井先生将脱了一半的外套又重新开始穿上,

"那他在哪里呢?"

一问才知道这里隔着一条溪流还有一座山,一度先生就在那座山的山顶上。

"他住那里做什么?"坂井先生忍不住又问。

"也没什么,那里是他的隐居之地,所以常年都待在

那儿。"

"那个地方远吗?"

"路不太好走,大概二十分钟吧。"

听着他二人的对话,我自顾自地坐到门口的横木上点上了一口烟。

我果然已经变得处变不惊了。坂井先生转过来看着我的脸有些丧气地说,

"去是不去呢,这下如何是好啊。"

于是,我们又借着领路人手中的电筒之光开始翻山,先是向下走,走到山脚,果然有条溪流,接着马上又开始朝另一座山上爬去。

山路泥泞不堪,每走一步都甚是吃力。

我实难理解为什么一度先生要隐居在这样的地方。总之,他就住在这山中最高处的一间屋子里。

"在下是《新潟日报》的坂井。"坂井先生再一次报上大名。

"啊!是坂井先生啊。"

这位照造先生怎么看也不像有七十六岁的样子,只见他一脸惶恐地起身迎接我们。

我一直以为坂井先生与一度先生关系亲厚,可这回让我不得不改变了之前的想法。虽没仔细问过,或许他就是有那

129

么一次在哪里见过一度先生摆弄人偶而已，他们的关系最多就止于此了，如此亲近的说话，这回怕是头一遭。

"您住的地方可真够呛。"

"够呛？这里可是我的家。"

这对话简直就是各说各话，听起来竟有些好笑。这宅子小巧别致，并不似一般的农家。一位佝偻老太、一位中年妇人，一度先生与他的妻女三人就生活在这里。

"人偶是打小的爱好，三十五六岁时开始制作文弥人偶，谈不上是什么大家。佐渡从前就有人偶，我只不过是从中挑了些好的来照着做罢了。"

说着，照造先生拿出几张自制人偶的照片给我们讲起来，"这是年轻少女的头，这是妇人的头，这是夜叉头。"他还说，

"文乐人偶也不错，全都精致得很，但也无法替代文弥人偶。"

从前传下来的文弥人偶的头当中，我听说大崎屋松之助收藏的御台头很是精妙。提起这个，一度先生一脸入迷的表情，"那可是好东西呢"。

"那人偶的刀工用得极好。"说到人偶，一度先生变得自信满满，侃侃而谈。

天色已晚，我们待了三十多分钟就告辞了。接着又在领

路人手电筒的指引下一步一步踩着崎岖难行的泥泞小道下山去了。下山的路上，我不禁由衷感叹："一度先生真是位很不错的人。"

"是不错的人呢。"坂井先生边走边抓着旁边的树枝附和着。虽然山路难走，可坂井先生的背还是挺得直直的。

车子还停在路边等我们，听司机说，他已经等了将近两个小时了。

回到住处已过十点了。那晚，坂井先生喝着酒（说是喝酒只是小酌）与我聊了许久相川町的事儿。整个日本，他最喜欢的就是佐渡了吧，而在佐渡，他最爱相川町。

相川有许多老旧的建筑，远远看去不是那么干净整洁。可走近它们才会发现其实它们很美。大多数人家的木房顶上铺着石头，那石头是一种矿石，叫羽石，内含金的成分。照坂井先生的话说，"相川连房顶都镶着金子"。

翌日，我们乘坐八点的"黄金丸号"离开了佐渡。近藤记者、还有旅馆老板和两位女侍者一直送我们到码头。在甲板上，我和田川君看到旅馆的女侍者买来纸带[1]，发给了每

---

[1] 在码头惜别时投掷的彩色纸带。轮船起航离港时投掷彩色纸带是日本人的习俗，名曰"用纸带与离别握手"，船上和岸边送别的人们会各执五颜六色的纸带两头，起航后，船越开越远，彩色的纸带会断裂或被投入海中。

一个人。

起航了，纸带一张张断裂开来，只有田川君手里还攥着坂井先生的纸带。当那张纸带终于从坂井先生手中飘远的时候，坂井先生的手就那样定格在他的肩膀上方，直到现在我也忘不了他当时有些笨拙的模样。

远去的两津城越来越模糊，而两旁的大佐渡小佐渡却越来越清晰。雪又开始下起来，这回的雪好像很沉，定是浓重的水汽所致吧。

（《别册文艺春秋》1953年4月；《现代纪行文学全集中部日本篇》修道社，1958年）

早春的伊豆·骏河

如果没有"走进作家故乡"这个企划，我恐怕不会独自踏遍故乡静冈县的山川河流。这个企划让我看到了不一样的故乡（1955年1月—2月）。虽然那些熟悉的地名在幼年时常有耳闻，可令我吃惊的是，我竟对它们一无所知。或许对于人们来说，故乡就是这样的存在吧。

这趟旅途有摄影师滨谷浩与《小说新潮》的丸山泰治二人与我同行。

我们乘燕子号在滨松下车后，开车前往弁天岛。我怀念因滨名湖中的流沙而形成的这个小岛。我在滨松的中学只待过一年。那个一年级的夏天，我每天坐火车从滨松来这里游泳。弁天岛还是当年的模样，一点儿没变。无非就是松林中多了几间民宿，还有以前没有的快艇让小岛北面多了几分嘈杂。

滨名湖本是淡水湖，因明应年间的大地震，沙洲决口形成湖口今切，自那以后远洲滩的潮水就从今切流入了湖中。我喜欢站在弁天岛远眺今切。在那边，溅起来的白色浪花又四处散去，那是只有在湖口才能体验到的新鲜感。

我往今切走去，想瞧瞧那附近的沙丘。这一带的沙丘虽不为人所知，但它们小巧且雅致的美与日本海岸的那些沙丘截然不同。

滨名湖里爬满了海藻，当晚，我们想体验一下睡在浅滩湖之中的感受,便宿在了弁天岛。一到晚上,有名的弁天岛之风就开始摇晃我们的门窗。

第二日,我们从弁天岛车站坐上去烧津的列车,也见到因比基尼之灰①而扬名天下的烧津港。当然,这里也是东海少有的渔港。今日也有约莫二十艘两三百吨的金枪鱼捕捞船停靠在岸边,还有些船正为一个小时后的再次起航而忙碌着,真是一派生机勃勃的景象。

我们从烧津赶往静冈。到了静冈,我们先去参拜的是浅见神社。我是在伊豆半岛的乡下长大的,对我来说,静冈的浅见大神之名是多么令人怀念啊。

乡下的孩子们每年都会听大人们说起祭祀浅见大神时的热闹。可也仅仅只是听说而已,谁也没有带孩子们真的去瞧瞧有多热闹。

浅见神社的建筑雄壮伟岸,那一抹红色与背后贱机山的翠绿之色相得益彰,简直美不胜收。神社内有几对新人正在

---

①1954年3月1日,美国在比基尼环礁上秘密进行了有史以来最大的氢弹爆炸试验。氢弹爆炸后,大量具有辐射作用"死亡之灰"散落到当时正在离太平洋比基尼环礁约160公里的公海上航行的日本"第5福龙丸号"渔船上。两周之后,1954年3月14日,福龙丸回到母港——静冈县烧津港,有关部门对船员们带回的"爆炸后落灰"进行了分析,美国正在研制秘密武器和进行核武器开发的事实因此被曝光。但是,一直以来,日本政府并没有向外界公布有关"第5福龙丸号"上船员的受害情况。日本国内将这一事件称作"比基尼事件"。

举办结婚仪式，新娘子俯身埋下头去，沐浴在冬日静谧的阳光下。我随处转转，还被认作是来观礼的人。

我本想去看看静冈临济寺与柴屋寺的庭院，可因为时间仓促，只能择其一去柴屋寺看看。我们驱车通过繁华的街巷，再渡过安倍川。安倍川的河滩很美，我突然想起还是二等兵的时候，曾在安倍川的河滩上操练过夜间演习。当时，我在黑暗中奔跑，有好几次被石子儿绊倒，直到现在仍记忆深刻。如今看去，这河滩上分明连一粒大石子都没有，只有沙子一般的小石子。安倍川的桥畔有卖安倍川饼的人家，不过已经不是从前那种老房子了。

柴屋寺的大门前曾经是丸子驿站。因芭蕉的一句"梅花·新芽·丸子驿站的山药汁"而出名。这里现在还有卖山药汁的铺子，我们的车就从那前面驶过。

据说柴屋寺是永正元年（1504年）由今川氏亲所创，曾经是连歌师宗长的闲居之地。宗长在这里留下吐月峰的典故[①]，这里的庭院也是他的杰作。庭院虽然不大，但栽满了竹子与各种树木，是个美丽的园子。我沐浴着林间透进来的冬日暖阳，站在古老的庭院里享受片刻宁静。这里保留着从前的习俗，还在出售竹子做的烟灰筒和其他竹制品。

出了柴屋寺，我们又去了郊外的登吕遗迹。所谓的遗迹

[①] 连歌师宗长从柴屋寺竹林中砍来竹子，做成烟灰筒并取名"吐月峰"。

不过就是一处不起眼的田圃角落。昭和十八年，准备在此修建军需工场时，偶然发现了这处弥生文化①的遗迹。这下，登吕在全世界都出了名。周围是一片寂静的辽阔平原，远处可以望见的低矮山丘就是曾经的大和王朝吧。

离开登吕，车子沿着海岸开往清水市。富士山的轮廓清晰地出现在前方，山顶覆盖着积雪。那积雪之下，应该还埋着数具年轻人的遗体。可远远望去，只觉得美，感受不到悲戚。

车的右手边是骏河湾，冬日的海平面那样开阔，却失去了碧绿的色彩。巨浪击打海岸，又四处飞溅散去。车的左手边是另一片连绵的低矮山丘。山丘从下到上呈阶梯状种满了草莓，每颗草莓都裹着一层塑料膜。山腰上到处都能看到摘草莓的年轻姑娘们，可她们摘下的草莓却一颗也入不了口，尽数送往东京去了。

到达清水市后，我们直奔日本平。与登吕一样，日本平是东海道的一处新名胜，直到江户时代尚还没什么名气。不过听说这里是眺望富士山的绝佳之地，为了观赏富士山，我们爬上这座三百米高的小山，山里几乎种满了茶树。一到山

---

①公元前300至公元300年这一时期在日本历史上被称为弥生时代,是日本继绳纹时代之后重要的历史时期。因1884年最先在日本东京文京区弥生町发现了弥生式陶器而定名。弥生时代,日本列岛已引进了水稻农耕和金属加工,形成了部落联盟的初期国家。

顶,果然是一片开阔之景,在高处可以俯瞰骏河湾与清水市,而隔海可与整个富士山相望。

看了日本平的富士山,就只能放弃三保松原的富士山了。接下来,我们要去清水市的龙华寺。

这里有高山樗牛的墓园。不过游览册上写的是这里因须弥山式①的庭院而闻名。我对须弥山式的庭院知之甚少,只是觉得修在坡地上的这个庭院远远望去就像一座浮雕,甚是有趣。

这庭院的构思融入了富士山与骏河湾的元素。浮雕般的庭院正中有一排阶梯,拾级而上便是殿堂,而殿堂的一侧就是樗牛的墓了。墓碑上醒目地刻着樗牛的那句名言"吾人必将超越时代"。墓的正前方伫立着的他的半身雕像,这是朝仓文夫的杰作。那雕像的面容看起来很年轻,想来也是,毕竟这位大名鼎鼎的文人三十二岁就长眠地下了。

高山樗牛为了研究日莲曾来过这里数次。他爱这里的风光,死后长眠于此也算了却了他生前的遗愿。

当夜,我们在兴津的水口屋旅馆住了一晚,听着波涛之声,仿佛连枕头都在摇晃。

---

①须弥山本是古印度神话中位于世界中心的圣山,后被佛教所引用。在佛教的世界观里,以须弥山为中心,周围有七座金山与一座铁围山,山之间有八海,统称为九山八海。后来须弥山式被用来形容日本的和式庭院,其主要特征就是以中央突出的岩石作为须弥山而排列而成的石组。

翌日清晨，我们去了西园寺公望的坐渔庄。那儿离住处不远，是临街修建的一栋两层小楼。这栋安静的小楼里，每个房间都没有过多的陈设，却很有格调。许多富豪、政治家的别墅总免不了有俗气之感，而坐渔庄实非凡品。

我们一一参观了书斋、起居室、浴室，小楼后面还有一个带草坪的院子，这个不大的院子就通向海边。

二二六事件爆发后，据说这里曾有二十多个警察驻守过一段时间，而现在早已人去楼空，只剩下一片沉寂。

听说这一天吉原市的妙法寺有毗沙门天的祭典，于是我们临时改变行程，决定去妙法寺观礼。这祭典平日也叫铃川毗沙门天祭、铃川达摩市集等等，深受百姓们的喜爱。

从兴津出发，跟昨日一样沿海而行。只不过前方看到的富士山比昨日大了一轮。

到达吉原市后，在大昭和制纸浅井锐次氏的带领下，我们一同前往只有五分钟车程的妙法寺。明明还没到中午，可沿途已是人山人海了。

一直到妙法寺内，一路上的小货摊一个挨着一个，卖的都是达摩不倒翁或是其他小纪念品。顺着一排石阶往上，本堂就在一处小高地上。那里也快被大大小小的达摩不倒翁、功德箱，还有系在胡枝条上的装饰给淹没了。那些装饰物上的茧玉①还在忽闪忽闪地晃悠着。

真是一场光彩夺目的祭典。在冬日清新的空气中，达摩不倒翁夺目的红色与装饰物的金银流彩之色熠熠生辉，那种美是我从未见过的。涌进寺内的人潮中，大多是来自各地的农户，一眼看去，几乎都是老人。

滨谷浩说这是一场"庶民的演出"，他不停地到处拍照，无意间瞥见一位面容姣好的朴素老妇，竟被她所吸引，想把她拍下来。

果然是一位容貌端丽的老太太，她逢人就说"我的达摩是最好的，买一个回去吧"。一问才知道，达摩不倒翁已成了农家的副业，但每家每户做出来的表情都有微妙的差别。

我环顾四周货摊上卖的达摩不倒翁，果然没有一模一样的，有的表情柔和，有的表情活泼。

我从老妇人那里买来三个小达摩不倒翁，每个二十元。这些不倒翁没有眼珠，买它的人会在自己生日那天画上一只眼珠并许下心愿，待到心愿实现再画上另一只眼珠。

绕到本堂的背后，仍是满满的货摊。只是这里卖不倒翁的倒不多，大多卖的都是一些杂货。这背后有一条小路直通田子浦的海岸。夹在推推搡搡的拥挤人潮中，我来到海滩

---

①茧玉由食用糯米粉制成，一般将六种颜色的糯米团制作成串，与金币、招财猫等装饰物一起系在胡枝条上作为新年吉祥物。

前，那碧浪清波的咆哮之声，仿佛要从背后将这片不可思议的繁华团团包围。

从成千上万个不倒翁阵中解放出来，我们驱车前往沼津。因为今天的达摩市集，主干道限行，车马都禁止通行了。

在沼津，我想去看看千本滨的海岸与御成桥附近的狩野川，我曾在这里度过了我的中学时代，它们全都承载着我深深的回忆。

千本滨有松树、有石头，岸边陡峭深邃，是一处极其大气开阔的海岸。

这里立着一块若山牧水的石碑，是天然石所作，上面刻着故人的代表作"白羽哀婉不容于天空之湛蓝，亦不容于海之绀碧"。

中学时代，我曾怀着无比敬畏的心情远远看着牧水从御成桥边走过。牧水石碑上的歌也深深地刻进了我的心底。

这碑真是选了个好地方。我见过许多文人的碑，但没几座碑能像这样找到一个如此应景的地方。只有牧水的碑终日沉浸在骏河湾的巨浪与风吹松树的飒飒之声中。

狩野川孕育了我少年时代的梦。中学时代自不必说，就连毕业之后的一段时间，我仍固执地认为狩野川是日本最美的河，这种执念在我心中萦绕许久。现在虽已没了这样的想法，但每回看到御成桥旁澎湃的河流，还是会觉得它很美。

或许是因为年少时的我也曾无数次走过那里。

我们到了静浦后又继续沿着海岸线驱车前往三津。这三津的富士山可是梅原大师①向全世界推荐过的。只是这趟旅程中,走到哪里都是富士山。"看个风景,怎么哪儿都有富士山",我们对富士山已失去了新鲜感。

从三津途经长冈温泉,然后去看了韮山的反射炉,这里说的自然是在代官②江川英龙的建议下于安政五年建造出来的日本最早的反射炉。这里的反射炉是两座联体,高五丈有余,江川英龙的儿子英敏曾在这里铸造了八年的铁炮。

向这些反射炉致敬以后,又途经大仁、修善寺,由下田街前往天城山。当车子行至修善寺时,就能在沿街看到狩野川了。狩野川淌过这里时,水量骤减,河滩上遍是大大小小的石子儿,反倒像是一条小溪流了。

我的原籍本是天城山脚下的汤岛。从幼时到少年,我在这里度过了数年的光阴。每次看见故乡的山,那庄重之感都会让我不由得抬起手整理起自己的仪容来。

现在是伊豆诸山最美的时节。伊豆诸山的美就藏在那些杂木林间,而杂木林最美的时节就是冬季。

---

①梅原龙三郎(1888—1986),京都人,日本著名画家,曾任东京艺术大学教授。1952年获日本文化勋章,曾画有《富士山景》等名作。

②在江户时代,伊豆是幕府的直辖地(天领),直辖地的地方官称"代官",关东地区幕府直辖地的代官驻地就在韮山,称为韮山代官所,代官由江川家世袭。

诸山沐浴着和煦的冬日暖阳，山腰的杂木林郁郁苍苍。寒气袭来，万籁寂静。竹林间处处点缀着黄色的斑点，也只有那里会时不时随风摇摆起来。又起风了，从这里也能看到富士山，只是从这里看到的富士山变小了许多。

(《小说新潮》1955年4月；《井上靖文库26》)

河的故事

我的幼年时代是在伊豆的乡下度过的，因伊豆台风①而一跃成名的狩野川就从村中流过。上小学的时候，一到夏天，我几乎每日都去狩野川，畅游在狩野川的小支流里。我在水里一直泡到身体发冷，嘴唇发紫。如果太冷了，起水时我会先趴到河里的乱石滩上，暖和暖和发抖的身体。

我的中学时代是在沼津度过的，狩野川又从我的家乡一直流过了沼津。狩野川是故乡的河，我对它有种特别的热爱。即使不为这个，也没有多少河在我心里能比得上它的美。至少在中学时代，我真的是那样以为的。

我的高中是在金泽度过的。金泽有两条河，犀川与浅野川。我寄宿的人家就在犀川边的高地上。每天上学，我都会走过犀川旁，再跨过犀川上的桥。那一段岁月，犀川就是我心里最美的河。犀川流水淙淙，或许再也找不到如此悦耳动听的河流了。

大学时代曾在福冈生活过，那时，我又爱上了筑后川。每个周日我都会去久留米眺望筑后川。那时我又觉得，筑后川的美是如此稀罕。

如今，狩野川也好，犀川也好，筑后川也罢，它们各有

---

①昭和三十三年（1958年）9月27日，台风艾黛（Typhoon Ida）于神奈川县登陆，对日本静冈县伊豆半岛和关东地方等地，特别是狩野川周围带来严重破坏，造成1269人丧生，后被日本气象厅命名为狩野川台风。

各的美好,却不再是我心底最美的那条河了。

只是不管怎样,从少年时代一直到步入社会,我与河都有着至深的缘分,在我生活过的每个地方,我都会觉得那里的河是最美的,这或许也是源自我对河的那种与生俱来的喜爱吧。

直到现在我还是爱着河的。这个春天(1963年),我去韩国看了洛东江。在马山到釜山的途中,我走过洛东江的江岸,跨过长长的小桥。我在桥畔看着在江边浆洗的妇人们,用相机记录下她们的样子。可回到东京,不知是不是我稍逊的照相技术,从洗出来的照片里再也找不到当时的感动了。

如今对我来说,再美的河都很难让我再生出一丝感动。然而,当我看着生活在河边的人们,竟觉得这河有一种充满生气的美。

看着在岸边浆洗的妇人们,洛东江的美不经意就打动了我的心。比起它的异国情调,打动我的是那幅景象中人与自然、永恒与瞬间的交汇。洛东江岸的那排花草树木固然再美,那样的美终是无趣。

现在,我最喜欢的河是中国的珠江。流经广州城的这条河与这里的人们紧紧地连在了一起。他们从很久很久以前就依存着这条河,现在也是,将来也会永远地跟它在一起。无论白昼黑夜，大小不一的各色船只在这里迎来送往，疍家人的船停满河岸，那景象繁荣至极。

（《朝日新闻》1963年7月7日；佐藤春夫编《诗文四季》雪华社，1964年）

早春的甲斐·信浓

当第一缕早春的阳光洒向东京时（1953年3月），我动身去了《风云城砦》的舞台甲斐信浓。

抵达甲府后，我先去参观了武田信玄曾经的居馆遗址。这处遗址位于武田神社内，现在隶属于甲府市的古府中町，离市中心约半里地左右。众所皆知，武田信玄从未修筑过自己的城，《甲阳军鉴》上就写着"信玄公甲州四郡内永不筑城，恭候于护城河内居馆"。

信玄的这处居馆确实称不上是"城"，不大的一块地方，四周是堤防，剩下的就只有环抱这里的一条护城河了。这里长着许多古木，有樫树，还有榉树。当年，居馆的正门并不是现在的神社大门，而是神社的东门。护城河外围的树木自然是近几年才新种上的，其中以樱树居多，想必到了四月一定很美。

信玄栖居此地时，为防备于未然，在北面离这里半里地的山丘上筑起了山城，就如《甲阳军鉴》中写的那样"此馆二十町之外有山城，乃石水寺之要塞，与此馆一样无一屏障"。这处山丘虽不大，却很险峻，有十二级阶梯，每一级阶梯宽约百坪，如今还处处留着当时的石阶残垣。《甲斐国志》对此有记载"本丸、长三十七间、宽十九间二的二之丸、三之丸"，可见这里如今剩下的只是山城的大致轮廓。山顶处有水井，还有当年马场的痕迹。

新府城的遗址在韭城，从甲府出发需坐一个小时的火车。透过车窗就能看到这座城址,那是信玄死后,由他儿子胜赖新筑的城池。这座城看上去是个坚固的要塞,城池所在的山地对面耸立着一座巨大的雪山。

武田胜赖于天正九年修筑了这座城,可仅在一年后的天正十年就遭到信长军的围攻。最终,城池失陷,而胜赖也终究没逃过天目山悲剧①的命运。

《风云城砦》讲的是从信玄之死到长篠之战爆发这三年间发生的故事,因此在这个故事里,新府城的时代尚未来临。

小说里,俵三藏带着女儿和部下一起沿天龙川逆流而上。他似乎想走到天龙川的源头。可这一江河水究竟来自于甲斐,还是来自于信浓,抑或是三河?不知天龙川来自何方的三藏只能盲目地沿着河流逆行。当然,作者自然是知道这一江河水源自信浓的诹访湖。

很久以前,天龙川的发源地还在甲斐,到了战国时代就跟现在一样变成诹访湖了。

真想见见天龙川的源头啊。于是,我驱车绕诹访湖一周。湖面的坚冰已开始融化,似乎比往年早了些,方圆五里的湖面都已解冻,可气候尚未回暖,水色仍呈寒冬时节的青黑之色。看样子,这湖面应是才解冻不久,岸边还有人在钓西太公鱼。

天龙川的入口正好在上诹访的对岸。现在的河水自是不会

---

①1582年,武田胜赖受信长军围攻,与族人于天目山麓自刎而死。

放任自流了，于是造了水闸，由釜石水闸管理所调节进出水量。从上午八点到下午四点，管理所每日遣一人调节两次諏访湖的水位，并利用水闸的铁门调整流出的水量。一打听才知道现在的水位标高（海拔）是七百五十九米左右。我望向管理所办事处的窗外，只见白雪皑皑的八岳峰就伫立在对岸。

我们乘伊那列车穿行在天龙川沿岸。到达天龙峡后，虽列车不再沿河而行，但从天龙峡一直到中部天龙站的两个小时里，只要俯视窗外就能看见天龙川蜿蜒曲折的流水。那风景真是一绝。河的两岸是峭立的岩壁，岩壁险峻的半山腰各处还坐落着十几二十户小小的人家。

那山色，那天龙川青黑的水色，都让人觉得伊那溪谷还沉睡在深深的隆冬之中。只有那星星点点的白色梅花在向我们诉说早春的来临。

战国时代，若想经甲斐到东海地区，只能沿富士川而下，或是先至信浓后再沿着这天龙溪谷而下。当年应该也是在这个时节吧，信玄陷入了病痛之中，不得不在进攻野田城时改变了西进的策略，领军折返甲斐。

在那些受挫的武人眼里，伊那溪谷中那些星星点点绽放的梅花又是怎样的一道风景呢？

（《读卖新闻》1953年3月16日；《井上靖文库26》）

京都之春

我的大学时代是在京都度过的。因为延期一年毕业，三年的大学生活变成了四年。这四年的头两年，我寄宿在吉田山某处的一户普通人家里，后两年就搬进了在等持院刚建好的公寓里，从此过上远离大学的逍遥生活。最后在学生时代即将结束时步入了婚姻，并在吉田神乐冈町置办起了自己的小家。

毕业那年，我进入大阪的每日新闻社工作。自那以后一直到战后的昭和二十三年，我大抵都住在大阪与京都之间的茨木町，过上了一名新闻记者的生活。因为妻子的娘家在京都，于是我在两地之间的茨木町安了家，便于两头走动。

就这样，我在关西度过了二十五六岁至四十岁的这段人生。那段岁月，我生活的全部可以说都在京都，四个孩子有三个是在京都出生的，出生时就殁了的那个孩子也埋葬在京都。

许是这个缘故，即使四十岁以后的人生是在东京度过的，可对身边的四季变换、岁月流转仍保持着当年在关西、京都时的心境。东京自有东京的岁月，我适应着它们，可总觉得难以亲近。三月过半，春意悄然而至。当春日的阳光洒下，各大报纸早就急不可耐地捎来春的消息。即便如此，还是让人无法相信春天就这么如约而至了。倘若奈良的汲水未了①，比良的八荒②未过，春天是绝对不会降临大地的呀。

京都的春天自然是始于二月初的立春，虽然还是一年中最冷的时节，可日历上已经变成了春天。不过，即便再冷，春天已然就在不远处。在这段严寒岁月里，京都还算好的，若换成东北或北海道的二月，定是大雪纷飞、寒风呼啸，而春天还躲在舞台的一角一边摩拳擦掌一边耐着性子等待自己的出场。立春后的寒潮称作余寒，可这寒气绝不只是余寒那么简单。这寒气眼看就要消散，忽又卷土重来，在这反复之间，三月到了，飘来了北野神社的梅香。

进入三月后，寒气虽依旧未减，但总算能感受到早春的气息了。这回，漫长的"余寒"变成了"春寒"。这寒气不再是其他季节的寒气，而是春天的寒气。春雪、淡雪、春天的冻雨，它们变着花样出现在我们面前，与我们玩起了捉迷藏的游戏。

这时就连阳光也突然变得春意盎然。梅花飘去，桃花盛

---

①汲水仪式，奈良东大寺二月堂的修二会活动仪式之一。3月13日黎明，从堂前的阏伽井屋汲水，献纳于本堂的仪式。据说饮此水可治病。

②指每年阴历二月二十四日开始，比叡山延历寺信徒在琵琶湖西岸的白须神社举行的《法华经》8卷的讲经会，称为"比良八讲"。每逢比良八讲之时，温度骤降的恶劣天气经常出现，从比良山地吹来的强风刮过琵琶湖，这种风叫作"比良八荒"。

开，李花与杏花也不甘示弱，果然是桃李的季节。京都的桃花和杏花不多，为了亲身领略桃李之季，我走到琵琶湖边，走进大和之地。

京都早春的美好似乎只藏于梅花与樱花之中，与其他的花并无关系。北野神社的梅花一旦落去，圆山公园的樱花便如期盛放。在北野的梅与圆山的樱的交替之际，寒潮也一丝不苟地报到了两回。第一回是在三月中旬的奈良汲水仪式之时，东大寺二月堂的修二法会上，火星四溅的巨大火把搅扰了三月的空气，弹指之间，这一波寒气就蔓延至整个关西。原本不属节气的寒潮总是这样如期而至，从未失信过。每逢汲水仪式，寒潮总会不可思议地卷土重来。虽然冷，但这会儿却是京都一年中最美的时刻。这时的京都还没有蜂拥而至的观光客，掌管这座城的还是城中之人，他们都是在京都出生、长大、生活的人（虽然他们中的大多数是老人与女人），此刻的他们正迈着京都人特有的步伐前行着。

第二回寒潮是在三月末至四月初。自古以来在比良大明神前修习《法华经》八讲时，琵琶湖上必会变天。现在虽已没了这些修行之事，可气候的异变仍坚守着曾经的契约。琵琶湖在湖面上卷起巨浪，呼啸着迎接寒潮的降临。虽觉得不可思议，但事实就是事实，任谁都无可奈何。

这比良八荒的寒潮一日不去，春天就一日不来。只有待比良八荒渐渐褪去，才会迎来真正的春天。

不久后，圆山公园的樱花开始绽放。从此，破晓是春晓，白日是春昼，夜晚是一刻千金的春宵，偶尔降下的春雨润泽了整个京都大地。

转眼间，圆山淹没在樱花丛中，岚山的樱也争相斗艳、百花齐放。京都城顷刻间满城飞絮，全国的赏春游人纷至沓来。可樱花的生命短暂，春日的狂风已随时待命，只等将圆山、岚山的樱花统统吹落。只是这场狂风似乎没有汲水仪式或比良八荒的寒潮那样严谨，来得如此守时。猛点儿、轻点儿、迟点儿、早点儿，多少有些出入，可一旦来了，这春日的烈风便整晚不休。待圆山的樱花散去，半个月后就轮到御室①的樱花了。

樱花飘落，春天的田野上冒出热气，春霞让整个田野都变了模样，这本是我学生时代的景象，可如今也变了样。春意正浓之时，春天却一天一天开始离我们远去，一切朝着忧郁的晚春行去。那之后，早早盼着自己出场的新绿时节也开始露出真容。

学生时代常去东大寺的讲堂，供着二十一尊佛像的讲堂里无论何时去都见不着人影。如来、菩萨、明王，还有四天

---

①京都右京区仁和寺的别名。

王、梵天、帝释都站在各自该站的位置上，构成一个和谐的世界。我总和朋友T君一起走到最前面的五明王前，这里弥漫着密教神秘、幽暗的气氛。

说到京都之春，总让我忆起东大寺的讲堂，并非是因为我总在春天到访东大寺，其实冬天也去过，夏天也去过。许是那一年，当我从阴冷的讲堂里踏出来的那一刻，倾落的明媚春光霎时就照进了我的心里。从此，说起东大寺，我便想起了春天，那一年应是昭和七八年吧。那时，京都的春天娴静而明媚。在那样的春色里，只有东大寺的讲堂显得格格不入，像是镶嵌在春色中的一个冰冷的黑匣子。年轻的我们站在这匣子里的五明王前，仿佛被佛的力量所震慑。十分钟、十五分钟过去了，堂内燃着神奇的烛火，我们完全沉浸在这不可名状的心境里。可是，在迈出讲堂的那一刹那，顷刻间就跨入了京都明媚的春光之中。东大寺四周摆着许多小货摊，卖的都是茶碗、碟子、陶罐之类的物件儿，人来人往的颇有些热闹。春日的阳光就这样洒在了货摊上、洒到了人群里，想来今日正好是祖师爷空海大师的忌日。京都之春的美好就在于此吧。

说到京都之春，我回想起了当年的乡间小路。这条小路从我公寓所在的等持院通向御室的仁和寺。早春自有早春的好，可春意正浓之时也是极好的。这条小路上几乎看不到行人，清幽恬静。路旁是小竹林、农户、田地，还有两层楼的农家小院。途中偶遇龙安寺，我刚走进去想瞧瞧石庭，石庭就出其不意地跃入我眼底。龙安寺虽与往常一样游人寥寥，但竟觉得那日的龙安寺与往日迥然不同了。

我想在世事的变幻中写下春日的美好，终是无从下笔。如今，若想探寻京都之春的美好，还是得去京都周边的洛北、洛西等地吧。

近年来，再次踏足京都去感受它的春天已是以旅行者之名了。不知是不是为了匹配这个新的身份，我四处寻访京都的赏春名胜。这些名胜之地自古以来就颇有名气，可年轻时的我却对其敬而远之，如今倒生出几许故地重游之感。不过，真的去了才发现果然是美的。谷崎润一郎①先生在《细雪》中写下了主人公巡游京都之春的景象：

周六下午出发，早早在南禅寺的瓢亭用了晚餐，然后去观赏了每年必不会少的传统舞表演。看完表演在回来的路上又去祇园赏了夜樱。当晚就宿在麸屋町的旅馆里。翌日，从嵯峨前往岚山，在中之岛公园附近吃了自带的便当。下午回

---

①谷崎润一郎(1886—1965)，生于东京，日本近代小说家，唯美派文学主要代表人物之一，也是《源氏物语》现代文的译者，代表作有《刺青》《春琴抄》《细雪》等，曾七次提名诺贝尔文学奖。

到市区后,又去看了平安神宫的樱花……。临行前一日,她们总要来平安神宫,因为这里的樱花是洛中最美最好的樱花。圆山公园的垂樱已垂垂老矣,花色渐随岁月褪去。现下,除了此地的樱花,再无他物能代表京洛之春了吧。

这是《细雪》主人公一家在京都巡游春天的写照,说不定就是作者谷崎先生的亲身经历呢。我也想照书中所写来一场这样的旅行,可终究没能实现。《细雪》中的这一场景写于昭和十七年,已是距今三十年前的京都之春了。现下,这些赏樱名胜除了游人多了些,还是当年的模样吧。

东山魁夷[1]有一幅画叫《春明》,画的是祇园的夜樱。这幅画以京都的东山为背景,描绘出一株巨大的垂樱。东山魁夷是这样描述这幅画的:

染着红晕的暮色之下,东山之樱繁花似锦、香气四溢。京都之春的奢华仿佛尽数收入这株垂樱之中。无数淡粉色的花之璎珞垂下树枝,地上却连一片落花也没有。山顶映出微

---

[1] 东山魁夷(1908—1999),生于横滨,日本风景画家、散文家。1931年毕业于东京美术学校,1933年留学德国柏林大学攻读美术史。其画风深受西方文化的熏陶,擅长以西方写实的眼光捕捉本民族的情调之美,代表画作有《春晓》(由日本政府赠送给毛泽东)、《京洛四季组画》、《唐招提寺壁画》等。

光，总算盼来了明月。一轮大又圆的满月，静静地悬挂在灰紫色的天空之上。花儿仰望月亮，月亮也俯视花儿。雪洞灯、篝火、嘈杂的人潮，曾萦绕在樱树周围的一切都消失得无影无踪。天地之间仿佛只剩月与花。

《月明》这幅画作于昭和四十三年。我也想亲眼看看如此美妙的樱花之夜，可到现在也未能成行。只要翻开东山魁夷的画集看到这幅画，我就暗下决心明年定要去看看，却是蹉跎至今。

还有一幅让我心动的樱花之作就是须田国太郎①的《岚峡》。这幅画作于二战刚结束，岚山的枝繁叶茂点缀着朵朵樱花，这幅画我虽只在第二回京都画展的现场看过一次，可从此岚山晚春的美就铭刻在我心底了。这幅画既没收入须田先生的画集中，也没出现在须田先生的遗作展上，如果能让我再看一眼该多好啊。有好多年，我多想走进须田先生画中的岚山之春。好吧，既然见不到画作，就亲眼去瞧瞧真正的风景吧，可盘旋在我脑海中的这个念头终是一场空。

谷崎先生心仪的赏樱名胜也好、东山先生的圆山夜樱也

---

①须田国太郎(1891—1961)，生于京都，日本著名的西洋画画家。1919年，京都帝国大学院毕业后曾赴西班牙留学，其画风以东西技法的融合为特色，代表作有《工场地带》等。

罢，抑或是须田先生画在密林深处的樱花，都是刹那间的生命。顷刻之间，生命终结。若没有这样的心境，我或许不会在京都之行中发现这些象征京都之春的花儿们。

昭和四十三年三月拜谒桂离宫之时，桂离宫的庭院让我再一次深切地感受到了春之美。我在两天里两次踏足偌大的桂离宫庭院，第一次还笼罩在春日的烟雨之中，第二次已是雨过天晴，整个庭院沐浴在明媚的春光之中。离樱花时节尚还有些时日，我漫步在池塘边，草木深处开着山茶花，茶庭周围的白梅、红梅也已开了。可是，属于春天的花还寥寥可数。红梅与白梅正在笑意轩对岸的水池边绽放飘香，这一幕与周围之景相得益彰，赏心悦目。不过，偌大的院子里，花儿也就这些了，是大地还没来得及换上春装吧。可我却从春天的桂离宫感受到最纯粹的春天，这种纯粹是其他任何地方都比不上的。果然，"庭院"历来都是可怕的，它在人为的空间里孕育出了纯粹的春天。

京都的名园自是不少，有仙洞御所、修学院离宫等宫廷庭院，还有西芳寺、龙安寺、平等院、三千院、金阁寺、银阁寺、天龙寺、三宝院等佛寺庭院，它们虽各有不同，但都滋养出了纯粹的春天。

我常去醍醐寺三宝院欣赏那里的春景。小说《淀君日记》里有一处情节写的是"醍醐赏樱",为此,或是在早春时节,或是在晚春时节,我曾接连两年专门在赏樱时节来到这里,其实并非是我特别钟爱这里的春天,只是机缘巧合罢了。

醍醐塔最美的时候应该是在晚春吧。沿着三宝院前的小路走到山门,然后穿过山门继续前行,那座巨大的佛塔不经意间就显现在眼前。因为太突然了,竟有一种美好突如其来之感,只是这感觉竟还不错。相轮有塔的三分之一那么高,那厚重感让塔刹看起来庄重又威严。塔的背后是山,山峰勾勒出平缓的山脊线,各种树木绘成的山绿之色衬托着塔。塔的四周再无他物,看上去就像一座巨大的佛塔正驮着一抹山绿。每次来这里看塔,我都会挪动步子找寻最佳的观景角度,原来当山脊线与这塔的第三重飞檐正好重合之时就是最美的角度。绿之美在于春,可背后那片苍翠的山绿,让我每次看到这塔就会想春天即便离我们远去也没什么不好,或许待到那时,樱花的热闹散场,醍醐就会归于宁静。

我喜欢在春意正浓的白昼走上京都的街头。到处都是如织的人潮,我会刻意避开那些熙熙攘攘之地。这座城仿佛把整个春天都揉进了骨髓里,像是要将"春昼"占为己有。如今能感受到"春昼"的地方已经少之又少了。在我心里,"春昼"就是被奢侈的宁静占据的午后时光。可现在,这片宁静总是容易被喧嚣所取代。

如果恰逢赏樱时节，我喜欢漫步在圆山公园旁的夜间小路上。夜晚的小路幽静而昏暗，远处隐隐传来赏花的喧嚣声。虽笼罩在一片喧嚣之声中，可这幽暗的小径却显得如此平静。夜凉如水，风中裹着一丝春天的味道，果然是春日的京都之夜。

（《京都的四季》淡交社，1974年）

塔·樱·上醍醐

初访醍醐寺还是在京都大学念书的时候，大约是昭和八九年，是春还是秋已经模糊不清了，只记得那日的醍醐寺空无一人，我独自走近塔刹，只为眺望那座醍醐寺的塔。

自昭和十二三年起，作为每日新闻社的文娱记者，我曾数次去醍醐寺取材。《本山物语》连载的时候，我还去醍醐寺采访了冈田戒玉师，向服部如实先生求取了原稿。

每次去醍醐寺，我都会去塔刹附近瞧一眼佛塔，就像是在问候一位老朋友。已经过去三十余年了，那二位故人如今已不在人世。

战后，我成了一名小说家。为了写《淀君日记》，我又去了两回醍醐寺。且每回去京都，只要得空，我都会驱车去那里随处转转。如果有外国的朋友来访，我会先带他们去东大寺的讲堂，然后就会带着他们去醍醐寺看三宝院和塔，日子久了，我与塔之间不知不觉就变得亲厚起来。许是这个缘故，每次看到塔也不觉得它有何特别之处了。唯有一次，那是五六年前，我将游访醍醐寺的经历整理成文，彼时正值我的随笔《与美好的邂逅》在《文艺春秋》上连载，于是，法隆寺、法起寺、药师寺、当麻寺、室生寺，我沿着历史的轨迹，乐此不疲地游走在这些寺院的佛塔中。

相轮有塔的三分之一那么高，厚重感让塔刹看起来庄重又威严。正面看去，每一重飞檐的檐部向上翘起，有种难以承重的压抑之感，可从侧面望去时，这种压抑感却全然消失了。塔的背后是山，山峰勾勒出平缓的山脊线，各种树木绘成的山绿之色衬托着塔刹。塔刹四周再无他物，塔如同镶嵌在一片苍翠的绿荫之中。我挪动步子调整自己的站位，想找到最佳观景点。原来，当山脊线与塔的第三重飞檐正好重合时，这塔看起来是最美的。法隆寺、法起寺、药师寺、当麻寺、室生寺，这些从历史长河中一路走来的塔刹，正一点点褪尽身上的异国色彩。终于，第一座日本之塔在此诞生了。

我既不是建筑学家，也不是佛学史家，可我这些天马行空的臆想也未必有什么不妥。醍醐寺的塔分明有着奈良时代的塔刹中看不到的厚重感、庄重感。这才是日本的佛塔。法隆寺、法起寺、药师寺的塔更像是美丽的摆设，虽散发出优雅之感，却少了醍醐寺塔刹那种庄重雄伟之感。倘若要为自己找个名家当支持者的话，首先便是佐和隆研。他所著的《醍醐寺》一书中有一节这样写道：

　　密教伽蓝中的佛塔直到奈良时代都未像之前的佛塔那样成为佛舍利的供奉塔。在这里，塔，是两界曼荼罗的象征。

接着，佐和隆研描绘了塔内的壁画：

这塔象征了真言密教里最重要的两界曼荼罗，醍醐寺的五重塔内绘满了佛教诸尊，塔内壁画不但是最纯粹的表现形式，又是年代最为久远之物，无不凸显出它珍贵的意义。

正如佐和隆研所讲的那样，我认为醍醐寺的塔并非以供奉佛舍利为使命，它本身就象征着两界曼荼罗，建塔正是为了以此来体现真言密教的教义。这一点与中国的佛塔、与朝鲜的佛塔，甚至与日本奈良时代的佛塔都不同。醍醐寺五重塔是一座纯粹的日本塔。

最近去韩国旅行时游访了各地的古老石塔，这些塔都在拆卸维护时发现了舍利容器。全罗北道王宫里的五重塔发现了金制的舍利容器、琉璃色的舍利坛，还有十九枚金板经等等。还有庆尚北道龙堂里的感恩寺西塔发现了青铜舍利容器与四天王像。它们无论哪一样都精美别致，让人眼前一亮，韩国美术五千年展让它们也开始走进日本人的视线里。

韩国有许多石塔，大多孤立于山野之中，用巨石堆砌起来的石塔里就藏着舍利容器。

大正十五年，翻修法隆寺的五重塔时，在地基中发现的金铜壶里安放着琉璃坛，而药师寺三重塔的地基表层安放的是舍利容器。

自始至终，醍醐寺的五重塔就与韩国的塔、奈良时代的塔不同。密教经空海①传到日本，又经他之手完成本土化的改造后，最终形成真言密教。醍醐寺的塔就是日本第一座真言密教之塔。塔的内壁绘着佛光普照的大日如来，以及簇拥在他左右的佛教诸尊，如此塔刹自然给人一种庄重、雄伟之感。

这回（1976年）为了撰写拙文，我于四月初与五月下旬两度走访醍醐寺。四月正值樱花盛开的时节，我去看了被樱花装点的醍醐寺。山门左手边的垂樱开得正美，花前立着的牌子上写着"四月一日起樱会本山"。

穿过山门，两边开满了樱花。虽来过好几回，可这回还是头一次看到樱花簇拥下的樱马场。樱马场两边搭着的帷幔上印着五七桐②的纹饰，樱花就在齐肩高的帷幔上方华丽绽放。樱花种类繁多，有的是满开，有的只开三分，当然，不

---

①空海（774—835），俗名佐伯真鱼，灌顶名号遍照金刚，谥号弘法大师，日本佛教真言宗创始人。曾于公元804年到达中国，并在长安青龙寺师从唐代密宗著名高僧惠果学习密教。806年回国在今和歌山县开创高野山，号金刚峰寺，创立佛教真言宗。
②家徽名，在三片桐叶上方配以桐花。中间七朵，左右各五朵。丰臣家的家徽。

变的是樱花树下如织的人潮。

我们从樱马场一直走到西大门,西大门门柱上的朱红之色与两侧瓦顶墙的纯白之色浮现在樱花上空,若隐若现,美轮美奂。我驻足观望,西大门的屋檐上还悬挂着一条淡青色的山脊线。

走过西大门就见不到樱花了,取而代之的是一处种着绿植与竹林的角落。虽说气温一早就有些下降,可我还是在这一瞬间感到一丝凉意袭来,比起春寒,说它是花寒更合适吧。

绕过这条通幽小径,树缝之间隐约透出塔的影子。再拐过一个弯,塔就毫无保留地呈现在眼前了。塔总是以这样的方式出场,只是这回不同的是,清泷宫拜殿旁还有一株正在盛放的垂樱。它比清泷宫拜殿的屋檐还要高,枝繁花茂,美到让人词穷。广场上游人如潮,那些男男女女高举着相机,努力地想将这株垂樱连同后面的五重塔都尽收镜头之中。塔有塔的美,花有花的美,何必非要把它们堆砌到一起呢。

从拜殿广场来到五重塔广场,我站在广场一角,只见半个塔身掩埋在一片苍翠的树林之中,那些树足有第二重飞檐那么高,对面山峦的山脊线正好与塔的第四层重合。衬托这塔的到底不是花,而是这青山的一抹绿。

折返樱马场后,我们从前门走进了三宝院。为了五月十五至二十三日的法事，院门处已做好闭院的准备，贴出的告示上写着"醍醐山开创一千一百年庆赞大法会严修谢绝参观三宝院殿舍庭院"。

跨进三宝院的大门，首先映入眼帘的是庭院左手边两株绽放的垂樱。门口的这两株不算大，它们对面就是以醍醐寺垂樱而闻名的大樱树，且对面的木莲也吐出了满枝的木莲花。

我夹在熙熙攘攘的人潮中，从玄关走到前书院。书院右手边的院子里也长着一株大垂樱。许是怕它碍事吧，这株樱树只能孤零零地待在这偌大庭院里不起眼的一角。然而，它满枝的樱花仿佛在宣告春天来了，兴许这就是这株樱树的使命吧。游人看到这一幕，又继续朝春天里的三宝庭院走去。

真是名副其实的春之醍醐寺啊，不过这里的"樱会"当然不是指樱花的祭典，而是每年的樱花时节，在下醍醐清泷宫前举办的清泷会。清泷会是为了祭祀镇守一山的清泷权现而举办的法会，已经有八百五十多年的历史了。十三世纪的《天狗草纸绘卷》里描绘了法会的景象，怒放的樱花映衬着舞台，台上舞姿翩翩，台下围满天狗。那是明朗的、英武的、健硕的醍醐之春。从那时起，醍醐樱会就名扬天下了。

提到醍醐观樱，最出名的莫过于庆长三年三月十五日的秀吉赏樱。自从在前一年，秀吉邂逅了醍醐的樱花，即刻就命人修缮堂塔伽蓝，或许从那一刻起他就在期待第二年的醍醐赏樱了吧。

秀吉对醍醐的樱花有一种近乎倔强的执着。他命人从周边四国搜集了七百株樱树，一一种在下醍醐至上醍醐沿线。翻过年后，他数次亲往醍醐寺查看赏樱会的准备进度，还将醍醐寺辟作知行地赐予下属，令其尽快筑起堂塔。秀吉不但策划了三宝院的再建，连赏樱会场的结绳布置都亲力亲为。

三月十五日赏樱这日，秀吉领着幼子秀赖，携北政所、淀君以及其他侧室，共享了一日的赏樱盛世。那一日的盛大场景在《太田牛一杂记·天正记》里有详细记载。

距离这次醍醐赏樱才过去半年，秀吉就魂归他处了。或许他早就预感到自己大限将至，也预感到他去后的丰臣家族注定将陷入一场悲剧，可这些秀吉终是无力再去面对了。正值朝鲜出兵之际，秀吉既看不清这场征战的前途，也无法对自己死后的天下大势有任何部署。秀吉曾在织田信长死后造成的混乱局面中，以雷厉风行的手段迅速拿下山崎合战的胜利。不知不觉已过去十六载。秀吉在人生最后陷入大势已去的消沉之中，也许正是在这个时候，才需要用一场盛大的赏樱之宴去完成自己一世一代的华丽人生吧。

我的小说《淀君日记》里有一处场景正是写"醍醐赏花"的。每每下笔，那景象在我心中始终是一片模糊。"醍醐花见图（屏风）"也好，喜多川歌麿的浮世绘"太阁五妻洛东游览之图"也好，那上面都描绘了当时的情景，可我在那上面看不到当世权臣赏樱之宴的盛大与华美。出现在那上面的两个秀吉，一个尽显老态，一个看起来就像肥皂剧里的主人公。诚然，这些风俗画中丝毫看不出在《天狗草纸绘卷》中呈现出的醍醐樱会那种凛然铺张之美。

不管怎样，至少今日这春天里的三宝院是绝美的，满院的樱花，还有石头、假山与流水，整个庭院享受着静谧的时光。从前书院移步到纯净观，这里是秀吉为了赏樱在枪山建起来的一处遗址，就连前面的庭院也是在那时一并建起来的。

秀吉的醍醐观樱以赏樱为契机，让战火中遭到损毁的醍醐诸伽蓝得以重建，还衍生出三宝院及其庭院。醍醐观樱最大的意义不就在于此吗。仅一日的赏樱之宴，秀吉倾注了他晚年的所有热情。可那一日的辉煌很快就埋没在历史的长河中，被遗忘得一干二净。如今人们依旧若无其事地漫步在醍醐寺巨大的伽蓝之中，而那些樱花仍岁岁年年，周而复始地如期盛放。或许延续到今日的樱会不再纯粹是当年的模样了，但也随着时代的发展愈发昌盛起来。

五月下旬，我去了上醍醐。为了《淀君日记》的素材，我爬上了"千叠敷①",那里是秀吉赏樱的舞台,那一回,我第一次在上醍醐将醍醐寺尽收眼底。

那次的上醍醐之行非常愉快。我与一群巡游西国三十三所的人前前后后,不紧不慢地向上爬着,大约一个半小时就到藥堂了。

从藥堂下行后不久,便在远处的山巅之处看到了井山堂、如意轮堂、五大堂这三堂的屋檐。三座伽蓝就像一座城塞似的伫立在最高的山巅之上。

毫不夸张地说,当时出现在眼前的那一幕让我震惊,甚至颠覆了一直以来我对醍醐寺的认知。

我在寺务所住了一晚,接连两日逛遍了准胝堂、药师堂、清泷权现本殿、拜殿、如意轮堂、开山堂、五大堂这几处伽蓝。两日下来,从藥堂望见山巅三堂时的惊奇之感也化作不同的感受,在心中慢慢消解开来。

我到现在才意识到应该早点来看上醍醐的。不管是醍醐寺的过往,还是醍醐寺的信仰与传承,所有的一切都是从上醍醐开始的。这一点当然是毋庸置疑的,可这不容置疑的事实,没有亲自登上去的人是不会明白的吧。

散落在山巅与山腰各处的伽蓝也是极好的,其实这样的

---

①醍醐寺枪山上的一处平地,庆长三年(1598年),丰臣秀吉专门在此修建了用于设宴、饮酒的御殿,举办了醍醐寺赏樱盛会。

伽蓝配置在山岳佛教中是很常见的。虽然早就在照片或画册中看过了这些风景，可如果不一步一步亲自跨过每一间佛堂、翻过每一个陡坡，就无法感受到其中的珍贵之处，比如醍醐寺缘起的传说与上醍醐的灵气。

尽管对醍醐寺缘起的传说早有耳闻，但不可思议的是，当我亲自站上醍醐山的时候，我感觉我一下子就抓住了它。并非是我捕捉到这缘起传说中的真实性，而是这缘起的故事就那样自然地走进了我的心里。不管是开山理源大师与山之主横尾明神的相逢，还是伫立在如意轮堂里的如意轮观音，当我登上上醍醐，这些传说就这样畅快地进驻到我心里。从此，他们在我心中的模样就定格在了那个瞬间。

上醍醐一直到今日都是信仰灵地，有西国三十三所的第十一所准胝堂，还有众人虔诚供奉的五大堂本尊"五大力君"，当然其实远不止这些，灵气也好、山气也罢，整个醍醐就像弥漫在独特的仙气之中，这里就是特别为信仰而生的。说不上来是山的心还是自然的心，在这里，心境也变得纯粹起来，不纯之物都被涤荡得干干净净。不管是不是宗教圣地，这里都充满了灵气，这样的灵地无一例外蕴含着特殊的气韵，让人觉得清净感拂面而来。上醍醐就是拥有这种气韵的特别之山。虽然有些匪夷所思，却没有任何违和之感，不过就是开山圣宝正好选在这样一个独特的地方，并建起佛堂，一一造出这些伽蓝来罢了。

当亲眼看到这处奇特的灵地，我也第一次理解到信仰的意义，而这信仰是在醍醐寺千年的历史中沉淀出来的。

上醍醐的大多庙宇都曾屡遭火灾。站在上醍醐，遥想当年，好像那些火焰正朝我袭来。烧掉的是庙宇、毁去的是佛像，心中的信仰之火却不曾熄灭，永远熊熊燃烧着。真是令人动容！

(《古寺巡礼 京都3 醍醐寺》淡交社，1976年)

十一面观音之旅

在这大约一年间,我看遍了琵琶湖沿岸的二十尊十一面观音像。那时,《朝日新闻》正在连载小说《星与祭》,小说里有处情节是写湖畔的十一面观音,我亦借此良机饱览了许多十一面观音像。今年春天,我又去若狭的小滨市看十一面观音。连载小说已经完结,这次的旅行已与小说无关,想去那里也只是听京都博物馆的松下隆章馆长说,小滨有几尊很美的十一面观音。据说那里面有好几尊还是秘佛①,平日里无缘见到,只有等每三十三年,甚至是每六十多年的开帐②之机方能一睹尊容。所以,这次为了一睹为快只能劳烦松下隆章馆长为我奔走了。

从去年春天一直到今年(1972年)春天,就为看十一面观音,我已经出过好几趟远门了。不过那些日子甚是开心,现在只要一听说哪儿有古老的十一面观音,我就想去见识一番。只是这十一面观音像的巡礼之旅究竟乐趣何在呢?或许这就是我写下此篇拙文的初衷吧。

十一面观音像在全国各地数量众多,目前列为国宝的有六尊,列为重要文物的有两百多尊。若是再算上其他的,数量恐怕得多出一倍。

十一面观音像与其他佛像不同,它们大多与奈良、京都

---

① 安置在厨子或堂内,除特定机会外,一般不公开的佛像。
② 开龛,将平日收藏在佛龛中的秘藏佛像等向普通参拜者展出数日。

那些有名望的大佛寺无缘，总是被安置在地方上的小寺庙，或是连住持都没有的粗陋观音堂里。就算是列为国宝的那六尊观音像，除了室生寺、法华寺、圣林寺的三尊以外，其他三尊分别是位于滋贺县高月町的渡岸寺十一面观音、京都府田边町的观音寺观音、大阪府藤井寺市的道明寺观音，无一不是在名不见经传的小地方。而且，渡岸寺十一面观音被安置在连住持都没有的观音堂里，而观音寺观音的观音堂虽有住持，但那观音堂委实小得可怜。看来，被指定为国宝之前，都度过了一段长长的、寂寂无闻的岁月。

可这一切仿佛在向我们诉说十一面观音的信仰早已深深扎根在人们的心底。与镇护国家无关，与守护佛法无关，"一定会保佑孩子平安降世""一定会听到我们的祈祷，保佑孩子长命百岁"，头顶十一尊佛面的观音只是走进了平民百姓的生活里，变成了身边朴素的庶民信仰。

十一面观音平息村落的纠纷，化解男女之间的纷争，不过身为村落的守护神，其使命还远不止这些吧。

这些十一面观音像中，有的一眼便知乃民间所造，像是近江的木之本町有一尊十一面观音，叫做"石道观音"。"石道"是当地的地名，全称应是"石道寺十一面观音"。石道寺曾在明治二十七年被洪水冲垮，如今已然荒废。只有小小的观音堂还屹立在山腰上，那里面就供奉着"石道观音"，由少数虔诚的信徒世代守护至今。终于敲开了寺门，这尊十一面观音是照着村里哪位姑娘的模样造出来的吧，朴素中散发出亲切的乡土气息，那朱唇微红、眼眸半睁的样子让人觉得像是面带羞涩。

木之本町还有座与志漏神社，这神社最近在社域内造了一座宝库，里面收藏着鸡足寺的十一面观音，以及其他诸多佛像。很久以前，规模宏大的鸡足寺还在一座叫己高的山上，明治时期废弃后，子院内的那些佛像便被收进了这座宝库里。

这里的十一面观音像很美，美中还带着鲜明的地域色彩。倘若石道寺观音是照着村里哪位年轻姑娘的模样造出来的，那鸡足寺的这尊想必是照着村里哪位貌美的少妇造出来的吧。

但并非所有的十一面观音像都是如此，高月町渡岸寺的十一面观音就是特例。这尊观音像大气考究，浑身散发着艺术气息。真是一方水土养一方观音啊。

十一面观音大多安置在没有住持的观音堂里，就像赤后寺的十一面观音就供奉在日吉神社里的小佛堂里，人们都称其为"唐川观音"。大津市坂本的盛安寺十一面观音也供奉在一间小佛堂里，还有木之本町大见的医王寺十一面观音等等，都待在山里的小佛堂里，远离人间烟火。在积雪地带，佛堂一到冬天就寒冷得犹如冰窖，容貌端丽的观音即使身着繁复的头饰与胸饰，也只能孤单地度过漫漫寒冬。观音平整的胸口、端庄整洁的体态宛若清纯的少女。海津宗正寺里的十一面观音也是如此，这尊观音坐像的十一尊佛面虽不大却精巧别致，就供奉在小观音堂的佛龛里。

观音堂向来不是什么讲究之地，但规模也是有大有小。何种十一面观音供奉在何种观音堂里呢？除此之外，我对这些观音像背后的历史也颇感兴趣。它们无一例外都有一段不平凡的过往。渡岸寺的七堂伽蓝在战国时代的战火中尽数毁去，只有被当地百姓深埋地下的十一面观音幸免于难。赤俊寺观音像头顶的佛面一个也没留下，左手七分以下、右手五分以下也全没了。在贱岳合战中，这尊观音因被沉到水下而逃过一劫，却从此变成这般残破的模样，仿佛在向我们倾诉她过去的苦难。

守山町福林寺的十一面观音容貌秀丽，亭亭玉立的模样像极了平安时代的贵妇。绕到后面才发现她的背上留下了一片火烧之痕。福林寺因在战国时代遭遇织田军的火攻而从此不复往昔的规模，就在那时，海津宗正寺的十一面观音也正遭受着战火的蹂躏。

这些流传下来的十一面观音大多被守护的百姓当作秘佛供了起来。曾经，那些百姓曾举全村之力守护着它们，而现在，那些虔诚的信徒依然守护着，以至于让我们想看一眼都难。可正是因为人们的珍视与守候，它们才在这住持都没有的观音堂里完好地流传至今吧。不过，这终究不是长久之计，它们最终还是会走进在各地已建好或即将建好的宝库里。

十一面观音还有一种魅力，就是没有其他佛像身上的浓浓香火味儿。观音是尚未修成正果的菩萨之身，视拯救黎民脱离苦海为己任，并在这样的试炼中立地成佛。普度众生既为天下万民，也为自己。十一面观音化解人世间诸般苦难，这超凡的崇高与尚未顿悟的烟火气都双双印在了这一尊佛像上。十一副佛面体现其超凡脱俗的一面，而显像为人形体现其还在成佛的路上苦苦修行。

观音像让菩萨超凡脱俗的神圣变成了肉眼可见的具象。这一具象除了头顶十一尊佛面的十一面观音外，还有千手观音。只是在民间仍以十一面观音居多，这大概是因为十一面更具亲切感，更容易为人们所接受吧。或许也是这个缘故，十一面观音大多没有托身为男性，而是选择了在感官上更有亲近感的女性。

探寻那些无名的十一面观音不失为一件乐事。观音出自当地佛师之手，又变成佛师长久的信仰。每个村落的十一面观音都蕴含独特之处，有的十一尊佛面大而夸张，一层层高高束起，有的则小巧精致，纹饰恭谨，令人怜爱。不管出于哪种，只要头顶十一副佛面，那气派怕是全世界任何一个古国帝王的宝石王冠也比不上的。

四月中旬去小滨时正逢樱花时节。在米原下车后，沿途穿过琵琶湖湖东、湖北的十一面观音所在地，最后从今津进入若狭，直奔小滨。若狭街区与国道二十七号线（丹后街区）交汇的远敷郡上中町有座法顺寺，那里的观音堂里有一尊小小的十一面观音像，是平安后期的杰作，高约104.5厘米，头上的化佛小小的，腰部的曲线也模糊了。这是尊温和秀丽的秘佛，每十七年开帐一次，只是那脸、那身体、那宝瓶都被护摩坛里的烟火熏得漆黑。延享年间有记载说这是白山权现的本尊，可看着被护摩坛熏得黝黑的佛像，我无法想象她过去的模样。如今这尊观音菩萨被安置在半山腰的老旧观音堂里，静静地迎接每天的日出日落。

小滨之行的首要目标是羽贺寺的彩色十一面观音像。羽贺寺坐落在天之城旧址所在的那座山脚下。这里曾经伽蓝密布，可现在也只能看着仅存的本堂追忆往昔的繁华。本堂看起来有些年月了，里面的佛龛早已老朽不堪。这里的本尊十一面观音高约146.4厘米，面相饱满，特别是蛾眉与下眼睑处圆润丰满，一看便知是平安初期的杰作。佛像的色彩依旧如往昔般鲜明可见，宝冠是黄褐色的，皮肤呈黄白肉色，分明是一尊民间所造的美丽观音像。

多田寺的十一面观音显然也是民间所造,这间观音堂也坐落在背靠大山的一处小台地上,本堂正中的须弥坛,还有那上面的厨子甚是华美。厨子里供着三尊佛像,几乎全是平安前期的作品,分别是中尊药师如来、右胁侍十一面、左胁侍菩萨像。别说中尊药师如来了,就连两胁侍都已是伤痕满身了。

这十一面观音像的面容实在是太黑了,无法分辨出表情,而乍一看还以为眼盲了。头上的化佛只剩木头残片,已瞧不出原来的模样,璎珞与胸饰用的是内剜式的古法雕刻,这尊应与羽贺寺里的那尊一样是彩色观音像,只是从头到周身都被护摩坛的烟火熏得漆黑。

这尊十一面观音像脸又黑,眼又盲,可令人匪夷所思的是,当我站在观音像面前,一种安全感竟油然而生,仿佛正被坚定地守护着。从那嘴角、那看似盲眼的眉梢之间溢出一丝说不出的笑意,那么慈祥。如今的面容让我无法想象这尊观音像有着怎样的过往,想必当年一定也是一尊柔美娴静的观音像,而被堂前的护摩坛熏得黝黑的面容仿佛在告诉我们,在漫长的岁月中,几乎每日都有许多人来到这里祈祷、朝拜。尽管左胁侍菩萨像头顶的化佛已毁去,想来也应是一尊十一面观音吧。

这些佛像不知何时开始被当作秘佛供奉起来。寺院长久以来严守着每六十一年开帐一次的约定，就连这佛龛直到五六年前都从没打开过。据说这里的住持有的终其一代都没有机会一睹这三尊佛像的尊容。国家的认可虽然迟了些，但这三尊佛像终于在昭和四十二年三月被指定为重要文物。

我又去看了小滨的其他几尊十一面观音。若狭平原四周都是小山或低矮的丘陵，导致一望无垠的平原看起来有些杂乱无章。山脚下某处有个村落，村落背靠山的地方有座寺，寺院的本堂埋没在一片山林之中，那里面就供着一尊十一面观音像。

其实方顺寺、羽贺寺、多田寺，还有妙乐寺都坐落在这样的地方。而这间本堂是镰仓时代重建的，据说是若狭最古老的建筑。走进本堂，格扇门将安置本尊的内阵与参拜本尊的外阵隔离开来，只见内阵的老旧佛龛中供着一尊176.3厘米高的千手观音，美妙绝伦。观音像的背后还有一轮佛光，高219厘米，加上顶层佛面，观音头顶共有二十一尊佛面，如果再加上正面与两耳后的三尊，就有二十四尊佛面。有人叫她二十四面千手，也有人叫她三面千手，不论叫什么都是极其稀罕之物。

站在她面前，一股浓郁的都市风，抑或是一种近代风迎面扑来，给人耳目一新的感觉，就连她的宝冠也勾勒出浓浓的近代风。左右两尊佛面比渡岸寺的两尊要稍大些，一点不似民间之物，她的面容雍容沉稳，无数手臂簇拥的复杂造型仍掩不住她的静默之美。据说这尊妙乐寺的二十四面千手是平安中期的杰作，当我初见她时，一如我在近江高月町看到渡岸寺的十一面观音那般震撼。

到访小滨已是四月，我本打算四月下旬就返回京都，无奈遇上国铁与私铁同时罢工，不得不延期回京了。我索性驱车又去奈良看了法华寺与圣林寺的两尊十一面观音，还有田边町观音寺的十一面观音。这一年来，我不停地追寻着民间的十一面观音，这回就当是为这趟旅途画下一个句点吧。我怀揣这样的心情再一次膜拜了这几尊天下闻名的十一面观音。

不知是不是交通罢工的缘故，法华寺里，法华寺的本堂里连一个游人都见不着。伫立在本堂里的十一面观音就像一位美丽的南方女子，我还是第一次在如此安静的本堂参拜十一面观音。她亭亭玉立的身姿透出奢华之感，不知是不是空无一人的本堂太过安静了，我竟觉得她有种纤弱之美，抑或是因为最近看多了民间十一面观音才会生出这样的念想吧。

圣林寺也是空无一人。在住持的许可下，我独自打开收藏观音的宝库大门，再往两边拉开木门，那一刻，我不由得倒退一步，久负盛名的十一面观音忽然就近在咫尺。那是一尊威风凛凛的天平观世音，高大伟岸，像是身披铠甲的武士。与之前看到的那些相比，这尊观音带给了我截然不同的感受。

田边町观音寺里的十一面观音黑黝黝的，呆板生硬，就像未染俗世的童子。去年春天，当我站在这尊天平观音像前时还觉得像童女，这回又觉得不像童女了，倒多了几分少年的英气，许是太久没来的缘故了吧。

（《文艺春秋》1972年7月；《与美好的邂逅》文艺春秋，1973年）

法隆寺①

①法隆寺，是圣德太子于七世纪创建的佛教寺庙，又称为斑鸠寺，为圣德宗本山，位于日本奈良生驹郡斑鸠町。法隆寺分为东西两院，其中西院伽蓝是世界上现存最古老的木构建筑群。1993年以『法隆寺地区佛教建造物』之名义被列为世界文化遗产。

在此之前，我已多次到访过法隆寺。战后是去过几次的，战前就不好说了。因为那时，我还在大阪新闻社工作，身为美术版的负责人，就是去了也是为了工作，实非出自本愿。

恰巧那时，法隆寺正值多事之秋，正面临金堂修葺、壁画摹写、佛塔拆卸修缮、堂塔维护等诸多问题，每年由此引发出的各种新闻，还在社会上引起了不小的反响。那个时候，即便没有这样那样的大事儿，只要去趟法隆寺就能写出点新闻来。比如去拜访拜访修理事务所，或者去寺务所露个脸，总之这座一千好几百年的古刹里总能"发现"点什么，就连寺内发现了涂鸦，或是发现了当年的一片古瓦都能变成新闻。

所以，若真发生了什么大事自不必说，即便没有，我也会从大阪坐长途列车去奈良，再从奈良坐出租车或巴士去法隆寺。有时候我会坐火车直达法隆寺站，大抵再从火车站走到法隆寺。

我也不知何时就成了法隆寺的忠实粉丝。我曾为了新闻素材数次拜访法隆寺，或许就是在那时，我被大和平原清朗恬静的美所倾倒。世界上最古老的木建筑就伫立在这平原的一角，威风凛凛，令人敬畏，或许也是在那时，我被它绰然的风姿深深打动了。

战后也去过法隆寺数次，但印象最深的是昭和三十年（1955年）春天去的那一次。除了那次大抵都是在秋天去的，偏那次是在春天。可能正是因为春天才让我对那次的法隆寺之行变得念念不忘吧。大和平原真是美啊！夹在笠置山脉与生驹山脉之间的广袤平原已长出两三寸高的麦子。仔细一瞧，一块一块的田圃里还冒出两三株油菜花来。万叶集里原有一句咏春的歌"明媚春光里的百灵鸟"，可真去了才发现与歌里唱的悠然恬静颇有些出入。

冷空气还有些刺骨，平原各处农家密布。平原上不沾染一丝尘埃的绿与农家墙上的一抹白就像要揉进我的眼睛里，说是揉进眼里，倒不如说是闯进了我的心里。

那天，我坐上出租车，带着几许感慨重温了曾经为了报社的工作而走过多次的那条路。我想，已经不会有记者会为了新闻再来法隆寺了吧。

如今，金堂已修葺完毕，新的金堂庄严矗立，而五重塔经过拆卸修缮已然焕然一新。之前因为担心塔内的壁画失火，还要考虑如何保存或如何摹写云云，而这些问题现在都已迎刃而解。总之，法隆寺长期以来面临的各种问题都暂告一段落，再也不是新闻记者挖掘话题的源泉了。各种"发现"失去了重要的基础，也失去了发现"发现"的可能。

出租车离法隆寺越来越近，首先映入眼帘的就是对面山脚下的两座塔，近一些的是法起寺的三重塔，远一些的就是法隆寺的塔。

以前频繁往来于法隆寺的时候，这两座塔之间还有一座法轮寺的塔，可惜已在昭和十九年毁于雷火。

曾几何时，当法隆寺的塔远远跃入眼底时，一想到即将踏上法隆寺的那片白土，我心中总会泛起几分微醺的醉意。那是一种无法言喻的兴奋。

可最近，当我远眺法隆寺的塔，却总会陷入一阵迷茫。说不上是哪里，总觉得这座经过修葺而焕然一新的塔与我从前认识的那座塔有些不同了。事实上，修葺后的塔确实变矮了些，可这区区一尺到一尺五寸的差距，远远望去未必能察觉到吧。但在我眼里，它就是不同了。塔比从前矮了，我是不是被这样的先入之见影响了呢。

出租车很快就钻进了法隆寺门前那排绵延的松林之间，我们在南大门门口的茶屋前下了车，这一带的白色砂石不论在秋阳还是在春光之下永远都那么美，就连这间茶屋也承载了我满满的回忆。一旦有大新闻引来记者云集，我们M社就在这里建起采访的大本营，利用附近的电话与大阪总社联系。当各社记者蜂拥而至，这里简直混乱不堪，可有时又会被某家报社所独占。我曾在茶屋中一边吃着乌冬面一边赶着稿子，那是我与法隆寺之间无法割舍的回忆。茶屋还是老样子，老旧的桌子，又陡又窄的楼梯，一如从前的模样。

踏入法隆寺之前，我大抵都会在这里点一碗乌冬面，权当是对门前这间茶屋的敬意吧。这茶屋一点儿没变，变的是法隆寺，连寺里的塔都变了。虽然为它灌注新鲜血液是为了让这座古老的塔能够长久流传下去，我本不该为此纠结些什么，可令人唏嘘的是，金堂与壁画已失去了原本的意义。

昭和二十八年，我第一次出访烧毁后的法隆寺。那时的金堂围着苇帘，里面的重建工程如火如荼。当昭和三十年的春天我再去的时候，帘子已经撤下，新的金堂竣工了。

穿过南大门，沿着白色的砂石路不一会儿就走到了中门。以中门为中心，回廊向左右两边延展开来，将里面的塔和金堂包围起来。

从参拜接待所走进回廊，一抬头就先看到了塔。眼前这塔与从前相比竟有种说不出的生硬之感，仿佛经历了一场彻头彻尾的改头换面。

尽管如此，它还是法隆寺的塔，不是属于其他任何地方的塔。

我能从眼前的一切感受到当初修塔之人的用心，那定是非同寻常的赤子之心。这座塔经过拆卸修缮，就如我亲眼所见、亲耳所闻的那样，它更久远地留存下来了。所以，即便看起来多了几分生硬之感，我也不该对此抱有任何微辞吧。

接下来是金堂，且不说它外观上的变化，光是踏入堂内就觉得比起从前多了几分异样之感，可究竟多了些什么呢，是对遗失之物的感伤还是怀念呢？抑或许远不止这些吧。

金堂的外观一如从前，只是将建筑内部所需的木材换成新的了。可金堂之所以成为金堂的壁画却烟消云散，只留下一片干干净净的白墙。虽说被烧掉了也是无可奈何，可事到如今我还是无法释怀。

曾几何时，金堂的修葺被当作大新闻见了报，还引发了世人的关注。我进报社工作的昭和十一二年，正好是金堂的修缮进入具体策划的时期。

当时面临的最大难题就是如何保存金堂内壁的壁画。光是建筑物的维修尚不是大问题，关键就在于壁画的保存。即使不作任何处理，任其保持原样，也并非万无一失，日子一长，总会有脱落的可能，更何况在施工的情况下，也难保壁画的完好无损。所以，首要考虑的必须是壁画的维护。

昭和十四年夏天，文部省新成立了一个叫法隆寺壁画保存临时调查会的部门。由伊东忠太氏任委员长，其他以天沼俊一、羽田亨、和辻哲郎、龙精一为首的几位委员也都是各界权威，最后由文部省保存课课长青户精一担任调查会的干事。

自那以后，在东京和法隆寺两地频繁召开了关于壁画保存的磋商会。为了撰写新闻稿，我总会列席在法隆寺召开的会议。龙精一博士提出过用墙面喷药的方法来保存壁画，于是，其他人纷纷针对这个建议提出了自己的看法，我把这些统统写进了新闻稿里，像是"注射的方法会不会比喷射更好""用玻璃罩罩上也不错"之类的。

这样的磋商会不知召开了几回，终于有人提出了壁画摹写的方法。事先就将壁画摹写下来，这个妙法似乎让人找不到反对的理由。于是，这一计划迅速被提上日程，文部省于昭和十四年末公布了参与壁画摹写的画家，分别是荒井宽方、桥本明治、入江波光、中村岳陵四位大师。

昭和十五年九月，四位大师带领十六位画家分成四组，正式开启了壁画摹写工程。连从东京也有记者赶来了，他们争相大事报道，那时的法隆寺每天都有大新闻见报。

八月，就在正式启动这一计划的前一个月，和田英作大师也专门为了此次的摹写大业西下。恰巧此时的金堂画壁上正投下第一束荧光灯，各大报纸还对此大书特书一番，简直比正式启动还要隆重夸张。摹写开始后，为了追踪报道摹写近况，我更是频繁到访法隆寺。但这个计划进展得并不顺利，一年过去了，不过才完成百分之二十的进度。直到此时，负责摹写的画家以及参与这项事业的人们方才清醒地意识到，壁画的摹写是一项多么艰难的工作。

头一年才完成不过两成，那之后的进展就可想而知了。如临深渊的战争一步步逼近，摹写团队往后的牺牲与付出只会一年胜过一年吧。

我与摹写队伍中的荒井宽方大师渐渐变得亲厚起来。每次去法隆寺，我总会去他的宿舍坐坐。那是阿弥陀堂里一间不朝阳的屋子，有些昏暗。如果在那里寻不到他，我就会去金堂。金堂里支起的脚手架纵横交错，我总能在那儿找到他的身影。他那有些臃肿的身躯一定正微微前倾，矮矮地半蹲在十号大壁前。

我与其他画家几乎亲近不起来。除了荒井大师以外，不知何故，其他人对壁画或是摹写之事均是三缄其口，不愿多谈。

可是，只要我去拜访荒井先生，他什么都说与我听，几乎无话不谈。我问什么，他也总是云淡风轻地答过去。记不清是何时了，在那间阿弥陀堂的小屋里，他曾说过一句话"有形之物终将消亡"。当时正在一旁做笔录的我不由得停下手中的笔，诧异于从他口中为何说出这样的话来。

回想当年，他付出良多，每年春秋两季驻守在法隆寺埋头做着金堂里的工作，即使这项工作以他的年纪在旁人看来也是很吃力的。寺里的日子伙食也不好，还有那间挡不住彻骨寒意的小屋也让他够呛吧。

但只要说起壁画的好来，荒井先生就变得严肃起来，让人不由得正襟危坐。那铿锵的话语中透着一股坚定，不管要付出多大的代价，都要笑着去完成自己的工作。

时至今日，我还是无法参透"有形之物终将消亡"这句话里蕴藏的深意。虽然那时的我也不明白，但也许是觉得刨根究底终是不好，便没再多问。

有形之物终有一日会烟消云散，壁画自然也有消亡之时，所以要趁现在将所有心血都倾注到摹写的事业中去，这或许就是荒井先生当时说出那句话时的心境吧。

昭和二十年春天，战事正酣。荒井大师离开枥木县盐谷郡的家前往法隆寺，途中在列车上突发脑溢血逝去了。为了躲避猛烈的空袭，他不得不反向绕信越线前往京都，之后在郡山换乘后没过多久便倒在了列车上。那一天正是郡山站附近的工厂遭遇大规模空袭的第二天。

除了荒井宽方先生，我还与入江波光大师在金堂内搭过讪。他总是穿着白色的和服和蓝色的袴裙，不论我问什么都缄口不语。可我并未觉得不快，他苍白的面容与一丝不苟的姿态透出一股安静的激情，那种莫名的美让我印象深刻。如今他也成了故人。

在法隆寺的日子还有一人让我难以忘怀，那就是大宗师佐伯定胤住持。他坚守着宗教家的信仰，自始至终反对人们去触碰法隆寺里的建筑和壁画，哪怕一点点都不行。这样的想法或许会招致各种批判的声音，可我仍然觉得他是一位了不起的宗教家。这位佐伯定胤住持如今也已故去了。

时至今日，金堂与金堂壁画在我脑中的记忆已逐渐模糊，可有许多人曾一起为之奋斗，就为了它们的生命得到哪怕短暂的延续。可到最后，金堂与壁画却双双在大火中毁去。一如荒井宽说的那样，有形之物终不能永存。我们只能去相信死亡就是在等待死亡那一天的来临。

回廊无论何时都很美，现在也只有这回廊大致还保持着最初的模样，它就像一道外框环抱着法隆寺最气派的伽蓝配置，不论岁月如何变迁，只有这道外框永远保持着我们想要的模样。

我从大讲堂一路膜拜天平诸佛直到宝藏博物馆。看着宝藏博物馆里的梦违观音、九面观音、百济观音还有其他古佛，除了不可思议之外我再也找不出任何措辞来形容了。今天仍是让人平静的一天。

离开博物馆来到梦殿，这里的观音菩萨也是声名在外的，我不禁从正面、侧面以及各种角度去欣赏那秀丽的容貌。

离开法隆寺后，我踩着白色的砂石慢慢朝中宫寺走去。华丽的寺院之间有一条路，上面铺满了白色砂石，看起来奢佟至极。柔和安静的阳光倾落在上面，我追着那束光向前走去。不管是夏天还是秋天，这里的阳光都是那么的宁静。

（《日本的寺》淡交社，1969年）

汲水与我

我在京都度过了学生时代，之后又在大阪新闻社工作，自然对奈良的汲水再熟悉不过了。在关西，人们总以为每年三月十二日的奈良汲水仪式前后必有寒潮来袭，还流传着"有汲水就会变冷""汲水临近就会变冷"之类的种种说法。汲水仪式前后，关西一带确实会有寒潮来袭，不光是关西，甚至是日本全岛也时常遭受寒流的侵袭。汲水仪式当晚，人们会从二月堂内的若狭井汲取井水供奉本尊，传说只有这一天，供奉的井水才会从若狭井里涌出来，这大抵是京都、大阪人都知道的传说了。除此之外，还有"汲水不完，春天不来"的说法。的确如此，汲水仪式一结束，仿佛连每天的阳光都变得与昨日不同了，之前与我们一直若即若离的春天正加快脚步向我们走来。

我本是长居关西的记者，却不知为何总与汲水无缘，竟如同一位陌生人。东大寺开山祖师良辩僧正的高足实忠和尚在天平胜宝四年（752年）东大寺二月堂的修二会①（旧历二月举办的法会）上创立了汲水仪式。自那以后，这项法事一直沿袭至一千二百年后的今天，从未间断。尽管这些都被我写进了我的解说报道里，可当时的我甚至连汲水为何物还

---

①修二会俗称汲水，已有一千两百多年的历史。原本是东大寺二月堂每年于农历二月初一至二月十四日举办的法事活动,所以称为"修二会"。现在改为采用阳历,于每年3月1日至3月14日举办,是僧侣们在二月堂的本尊十一面观音像前,代替众生接受苦修,消除罪恶,祈祷国家安泰的法事。

未曾亲眼见过。

昭和二十二年，我终于见到了汲水仪式。那时的日本还没有从战乱终结的纷扰中解脱出来，粮食匮乏，黑市繁荣异常，车站聚集着从中国召回的复员兵。

当时的我虽仍在大阪新闻社工作，可那次的相逢却不是为了新闻素材。有限的版面也没有多余的地方登什么汲水特集，仅仅只是因为我想去看看日本古老的传承，想去看看所谓汲水为何物罢了。从大阪一到奈良，我直奔大阪新闻社分局，先在那里等到晚上，然后算好点火把的时辰，接着便与年轻的分局记者一起去了二月堂。堂下的空地上稀稀拉拉围着两三百号看热闹的人，颇有种孤独的冷清之感。

在寒冷中瑟瑟发抖的我用奇特的目光看着堂童子们身负五米多长的大火把爬上登廊，再从二月堂的舞台上将火星挥洒而下。就这样，十根大火把依次爬上长长的走廊，又接着出现在舞台上，大小火星在黑暗中四处散落。只看这个还以为这就是火的祭祀、火的庆典。

火把仪式结束后，我与年轻的记者一起登上长长的走廊，迈入二月堂。从北局到东局，再到南局，我们绕着法会内阵转了一圈。内阵里的灯光有些昏暗，看不清里面的模样，但周围笼罩着异样的气氛。不知修行僧（笼僧）们在做些什么，只听到起伏的诵经声，还有木屐踩踏地板的激昂之声。

离开二月堂,我们朝熙熙攘攘的东大寺走去。此时此刻,我对汲水仪式产生了一种既强烈又失落的异样之感,就好像国家正在战火中毁去,而这里却是一片歌舞升平。

昭和二十七八年的时候,我又去看了一场汲水仪式。这时的我不再是报社记者,已开启了人生的小说生涯。恰巧我与一位女性杂志的记者正在构思往小说里融入"汲水之夜的奈良"这样的情节。于是,为了找寻小说的灵感,我又与汲水仪式重逢了。这回同样是大火把爬上登廊的情景,只是与昭和二十二年不同的是,二月堂下挤满了人,再没了上回孤独冷清的黯然气氛。

火把仪式结束后,我走进二月堂。因为早早就安排好了,所以这回讨到个方便进入了外阵。外阵就像一条狭窄的走廊,从三面将内阵围住,透过这里的格子门可以窥见内阵。结果也只是看到一众修行僧的上半身,还有须弥坛的一角,无法完全探清里边的模样。在微弱的灯光下,内阵显得有些昏暗,倒是有一处像须弥坛的地方,供着真假山茶花和南天竹的果实,颇显庄重。它们摇曳在灯光之下,看起来神秘又美丽。从格子门的门缝里看不出内阵的僧众在做什么,只见他们绕着须弥坛停停走走,坐坐站站,嘴里还不停地念经唱佛。每当他们的身体一动起来，脚踩地板的声音就特别高昂，一下、两下，每一步都显得那么沉重。

这一刻，我合上眼，不再透过格子门去窥探内阵的模样，我闭着眼倾听着念经声、脚步声、五体叩拜的声音，它们交织在一起，唱出粗犷豪放的气势，一刻未曾停歇。

寒气从石头砌的地板直往上冒，让有些感冒的我只待了三四十分钟就不得不离去。法会要持续到深夜三点半，我本想待到最后一刻，无奈只能放弃了。

第三日，汲水仪式全部结束了。就在那日黄昏，兴福寺举办了薪能仪式[1]。我不知道这跟汲水仪式有何关系，但汲水的看客大多皆已散去，只留下一片静寂。而在这片静寂中搭建的野外的舞台上正上演着一出《熊野》[2]，那一幕令人难忘。

不管如何，这一年的汲水之夜、还有在外阵度过的那三四十分钟对我来说是特别的，特别到让我完全沦为了汲水的俘虏。从那以后，只要谈及汲水，我势必会无比热情地告诉他们，"那真是太棒了，实在是太精彩了"。每当这时，我总会生出一股强烈的冲动，想再次走进那个大交响乐的世界

---

[1] 祭神能乐之一，阴历二月六日起的一周内，在奈良兴福寺由四座的大夫表演的能乐。
[2]《熊野》，能乐剧目之一，作者不详。

里，那是一个激昂的、拥有匪夷所思的力量的世界。

就连我自己也不清楚究竟是什么如此打动我，只是说到汲水，我就想全身心地一头陷进去。那感觉不是宁静，也不是美丽，而是一种热烈，一种坚定，一种仿佛被什么填满了的充实。

其实，对持续十四天之久的修二会法事，我不过只是略知一二罢了。就连那场称之为达陀的殊胜佛事，我也不甚了解，更想象不出它的样子，听说那是一场水火交融的盛宴。

在很长一段岁月里，我总把"汲水真是太棒了"挂在嘴边，想让自己再次陷入那种不可名状的感动中，可那种感觉终究是找不回来了。不知不觉，二十多年就这样过去了。虽然已数不清那之后又去过多少回奈良，却都因种种错过了三月上旬的奈良。

可是，我心中因汲水仪式受到的那份感动丝毫不逊于从前。遗憾的是，我很想把那份感动说与世人听，却不知从何说起。

这二十年里，我也结识了几位汲水法会时，有幸进入过外阵与礼堂的人。

"那个确实不错呢。"我说道。

"那你见过达陀吗？"

"没有。"

"那他们奔走的样子呢？"

"没有。"

"听过他们诵读过去帐①吗？"

"没有。"

到最后通常就演变成这样的对话。我到底是什么都不懂，对方的表情就好像在说"这般的你有何资格对汲水说出感动二字"，可我却并不反感这样的他们，我清楚地知道，达陀法事、僧众举着大火把在寺内奔走的模样，还有过去帐的诵读，定如他们所说的那般美好，哪怕只是略知一二也能感受到它们的好来。若说它们不好，是绝无可能的。汲水的仰慕者，他们的话语中无一例外带着一种独特的调子，只有同为懂得汲水之人，才会明白他们内心对汲水的沉迷。他们必然会想，如果可以的话定要年年与他们相会。我与他们有一处倒是相同的，那就是总是不知如何向世人诉说汲水的魅力。

今年三月（1975年），我又有机会去看久违了二十年的汲水仪式。本打算二月下旬就到奈良，从别火坊的先导游行开始看起，终因杂事缠身没能成行。结果，从修行僧进入参

---

①记载死者俗名、法名及生卒年月日的名册。

笼①宿舍到持续十四天的正式法事，我也只赶上了最后三日罢了。即便终是事与愿违，我也觉得这样甚好，终于能再次将自己置身于非这俗世所有的神奇空间与时光里了。在我等待的二十年里，它也在强烈的悸动、流转以及抓不住的莫名思绪中变得异常充实。

汲水仪式的法事从每年三月一日到十四日，长达二七日（十四天）之久。一众修行僧早在二月二十日起就会在别火坊完成先导游行，算是正式法会前的准备仪式。二月末，法会正式开始的前一天，修行僧会遁入二月堂下的参笼所。持续十四天的法事活动，每日大致都是在二月堂内阵的本尊十一面观音前举行。法事每日重复六次，分别定于日中、日没、初夜、半夜、后夜、晨朝这六个时辰进行，修行僧通过做法事来忏悔自己的罪过，同时也祈祷天下太平、万民安康。

有两回，我曾从外围窥探过初夜时分的二月堂内阵，依稀能看出那里面正进行着什么法事，但究竟在做什么呢，我只能借用研究汲水仪式的书籍来说明了。我此次行程的向导桥本圣准长老著有《关于汲水》（收入入江泰吉作品集《汲水》）一书，里面有一节是这样写的：

---

① 指闭居于神社、寺院中斋戒祈祷，时间长短不一，有一昼夜、七日、百日、千日等。

法事中最重要的一项是"十一面悔过法",此法须在本尊十一面观音宝座前逐句诵念十一面神咒心经和观音宝号,边念边行五体投地之跪拜大礼。从正午的斋堂仪式结束一直到晨朝法事下堂的十三四个小时里,勿说是进食,就连一滴水都是碰不得的。

二七日,每日的法事按照定好的六个时辰按部就班地循环往复。只是五日、六日、七日、十二日、十三日、十四日这几日的后半夜,还有一项奔走的法事。奔走时须脱下念经时穿的叫"差懸"的木屐,再绕内阵跑上好几十圈。

十二、十三、十四日这三天,待后半夜的奔走法事结束后,还有一项殊胜的达陀法事。据说兜率八天会现世化作不同的神祇降临。这项法事最隆重的压轴之作是水火之法,火天①舞动松明火把,而水天②则挥洒供奉观音的"香水"。

堂内有大小两尊观音菩萨,这两尊精美的佛像同属天平时期的杰作,却被当成绝密的秘佛小心供奉着,连修行的僧众都看不到。

十一日夜晚,我欣赏完火把登廊后,有幸得以进入外阵,进到礼堂。虽说只能从缝隙中观望初夜的法事,但总算

---

①护持佛法之十二天尊的东南火天。
②护持佛法之十二天尊的西方水天。

是看到了。

十二日就是隆重的汲水之日。听说当天至少会有七万人涌来，于是，我避开晚上的法事，趁白天去参观了参笼宿舍，并特地去斋堂观看了修行僧的斋堂法事。

尽管寒意凛冽，我对斋堂法事仍颇有兴致。斋堂位于二月堂之下，与参笼宿舍分别立于登廊入口的两侧。这两个地方平日都是大门紧锁，只有待汲水法会时才会开启，说是汲水专用也不为过。宽敞的石板房间四周铺着榻榻米，那里就是修行僧打坐的地方。

斋堂的出入口有两处，分别位于西南角与西北角。西北角一隅是备餐所。我有幸从备餐所观看了斋堂法事。就如在画像或照片里经常看到的那样，十一位修行僧前摆着小餐桌，上面放着一个大钵，钵里盛着一升米饭，木勺就直直地插在饭里。那景象既朴素又充满力量，令人感动。餐具都是根来漆器[1]，可斋饭一时也吃不上，这里与初夜、后夜的法事一样，用斋前还得先进行一场三四十分钟的祈愿仪式，待祈愿结束后方可由堂童子献上斋菜。看来就是想吃口斋饭也实属不易，原来参笼生活中看似最接地气的部分也被各种清规戒律紧紧束缚着。

---

[1]在位于和歌山县的根来寺制作的日用漆器。

十三日夜晚，我一直坐在正对须弥坛的礼堂中央，看完了从半夜开始的所有法事。

十二日与十三日夜晚，我尽情去看我能看到的，尽情去听我能听到的，我只想抓住我面前的一切。这是一场日本一千二百多年来从未缺席过的古老法会，除了这样的方式，我再也想不出其他方式能走近它了。

二十年前，我也曾是这场法会小小的一份子，可那次收获的感动却与今次的不同了。

十三日晚，我与桥本长老并排坐在礼堂正中观看了半夜与后半夜的法事。我闭着眼睛正襟危坐，可一闭上眼，我就会觉得这只是一场呼唤春天的法事。春潮一定是被诵经的声音或是念佛的调子所吸引，正迈着从容的步伐向我们走来。断断续续响起的木屐声那么激昂，就像雪国封冻的坚冰正在割裂。数年前去伊尔库茨克的时候，伊尔库茨克大学的教授库德里亚夫采夫曾同我说起过流经城里的安加拉河上坚冰开裂的声音。不知何故，我莫名就将那冰裂之声与参笼僧的木屐声想到了一块。大海里的春潮已蠢蠢欲动，而在冰封的河里，冰川碎裂，正发出激昂的声音。

汲水法事的种种，说到底就是一颗呼唤春天的心吧。诚然，如果不是这等庄严激昂的修行，又如何能唤来春天。

睁开双眼，内阵与礼堂之间垂下的那道麻制门帘上映出内阵僧人的影子。他们正做着法事，一边念经一边转圈，一个接一个，宛若走马灯。

不知过了多久，僧人们映在走马灯上的身影变换得越来越快，奔走法事开始了。只有此时，木屐声才会消失，僧人们穿着袜子开始跑起来，并挨个儿在专用的蒲团垫上行五体叩拜大礼。他们口中念的"南无观、南无观……"本是"南无观世音自在菩萨"的意思，结果从嘴里蹦出来就只剩三个字，其他的都省去了。不过是再简单不过的短短几个字，可在反复诵读中，心中的感动也随之无限地扩大了。

在礼堂坐了几个小时的我尚未弄清初夜、半夜、奔走、后夜这四个时辰里到底发生了什么，只知道其间诵读了神名帐，请出了全国一万三千七百余间神社的大明神，由首座僧祈愿天下太平、万民康乐、万物至福，再由咒师请出四方结界之上的四天王。

可那时的我既没生出想一探究竟的心思，也实在没有生出这种心思的闲工夫，一心只顾将自己沉浸在那慷慨激昂、庄严肃穆、时缓时急的节奏中。

时不时从内阵中走出一位僧人，在礼堂中央摆放的专用蒲团垫上行五体投地的大礼。说是五体投地，不如说是用身体敲打地板，每叩拜一次，沉重的声音就在殿堂内久久地回响，那声音伴随着诵经念佛之声，伴随着钟铃、法螺、磬竹之声，还伴随着参笼僧的木屐之声。

从礼堂是看不到内阵的，只能从门帘上看到僧人们做着法事的身影。看着他们如走马灯变换的影子，我忽然想起曾拜访过一次的哈达（阿富汗南部）塔院。安放在遗迹正中的小塔四周有一条小路，专为供养僧绕塔步行所用。塔的基座既刻上了释迦牟尼、菩萨、供养者、鬼神诸像，还摆满了诸多这样的佛像。

不经意间，异国古老的小小塔院就浮现在我眼前，那么栩栩如生，我仿佛看到许多异国僧侣正围着这座小塔绕行诵经。

于是，我开始把二月堂的内阵幻想成是这座塔院的内阵，须弥坛就是塔，请来的诸神佛镇守在此，还有四天王把守着各路要道。

可每次身体撞地的声音总会把我从幻想中拉回现实，那激昂的声音唤出的是一千两百年前的日本，那是任何人都难以靠近的地方。

深夜里的达陀法事一如传闻中那样奇妙，只能用华丽来形容。那是水与火、水天与火天的盛宴。内阵与礼堂之间隔着一扇大门帘，当堂童子用神奇的手法将这道门帘重重拉起的时候，也拉开了这出大戏的帷幕。最先出场的是修行僧，只见他们挥舞大刀，摇响手中的锡杖、铃铛和法螺，待他们退场后，内阵很快变得亮堂起来，那是近百斤重的大松明火把被点燃了。扮演火天的修行僧将火把不断伸出礼堂，而扮演水天的修行僧则手持洒水器与散杖向上浇水，这既是一场水火之争，又是一场水火交融。火天开始手持火把绕内阵奔跑数圈，每每经过这边都将火把伸出礼堂来，松明之火越燃越旺，最后投向了礼堂。

燃烧着的松明之火向我飞来，差点碰到我的膝盖，我瞬间躲开，座位上火星四溅。

不久，松明火把被收入内阵，这下火星沫子又溅落到内阵各处。直到后来我才意识到，这一切都发生在法螺、铃、锡杖交织的喧闹声中。

这一天的法事全部结束了，下堂的修行僧回到了参笼宿舍。不过，深夜下堂的景象也好看极了。童子们手持小火把照亮前路，修行僧借光从八十几阶长的长廊上一路小跑而下。周围变得安静无比，只有火焰在攒动，让人觉得冷清孤寂。

之后，我去守屋隆英大师的禅房品尝了大师施的粥，这次修二会的咒师就是守屋隆英大师担任的。离开禅房，我漫步在深夜的寺院中，就这样一直走到停车的地方。这时，我脑海中突然闪过阿富汗北部，苏尔赫科塔尔拜火教（袄教）神庙遗址所在的那座小山丘。如果拿掉二月堂前那条长廊上的屋顶，还真像那山丘通往神殿的人工阶梯。神殿中燃着不灭的长明火，每次举办法事时，拜火教徒们就拿起小火把去借火，然后再顺着台阶往下走，那火焰移动的样子或许一如刚才修行僧深夜下堂时的那般安静、那般寂寞吧。

二月堂的修二会，是一出伴奏着华丽乐章的大型连续剧；是一出神秘、虔诚，充满力量的连续剧；是一出除了佛教、神道、修验道之外、还蕴含着异国宗教元素的连续剧。最重要的是，这出大戏里深藏的是日本人纯粹的初心。终于从二月堂解放出来了，我们走在漆黑的夜路上，在残存的兴奋与疲倦中安静下来，平添了几分落寞。

（《文艺春秋 deluxe》1975 年 6 月；《井上靖随笔全集7》）

沦陷南纪之海

迄今为止，我已去过数次南纪了，第一次是在昭和十七八年，那回是为了拜访在木本町（今熊野市）的朋友而去。

自那以后，我就成了纪势西线上的常客，有时是为了工作，有时是为了游玩。于是，在我的笔下，以南纪为背景的小说自然也多了起来。就像小说《死·恋·波》里的故事就发生在木本町海边一个虚构的酒店里。还有《黯潮》，这部以下山事件①为原型的小说里有一处情节写的就是潮之岬殉情事件。那之后的小说《涨潮》详细描绘了故事人物从奈良五条町出发，沿十津川、熊野川一路西下，最后到达新宫的经历。而正在连载的新作《倾斜的海》则把舞台搬到了木本、新宫、那智、胜浦等地。除此以外，短篇小说里应该也有一两部写的是南纪的故事。

我把小说的舞台放在南纪之地是因为我想写南纪的海。南纪之海的水色那么深，倾落海边的阳光那么明媚，不论哪个季节与它们相遇，都会让我们饱经一场眼睛的洗礼。

去年刚开通纪势熊线时，我就绕纪州游了一圈。今年（1960年）又因某个出版社的巡回演讲，我再次踏上了南纪之地。

在南纪，要说最喜欢的地方还是木本（熊野市）的海

---

①战后初期日本的反民主事件。1949年6月，国营铁路决定大量裁员，引起工会方面大规模的抗议斗争。7月5日，国营铁路总裁下山定则蹊跷死亡，原因不明，被认为是国铁工会所为，日美当局借此压制了铁路工会的大规模反抗斗争。

边。整个木本城被一圈低矮的混凝土堤坝围住，堤坝与海岸之间隔着一片缓缓倾斜而下的石子滩。石子滩上有几处没有石子的沙滩，不过我更喜欢被大大小小的石头填满的石子滩，当熊野滩的海浪汹涌而至时，堆满石子的海岸更显粗犷荒凉，我喜欢这样的感觉。

木本城的东海岸有座鬼城，那里有一片巨岩垒成的台地，说是海盗以前的老巢。如今那上面被侵蚀出几个洞窟来，每每有巨浪打来时，景象甚是壮观，只见海浪击打岩石，瞬间又化作无数碎片四处散去。即便是风平浪静之日，站在巨岩之上居高俯瞰，也能看到涌来的波涛在千米以下的岩脚化作无数漩涡。第一次来时，这里连一个人影都没有，可再来之时，俨然已成为南纪的热门景点之一了。载客的大巴接踵而至，岩石上已凿出一条好走的小道来以供游人穿行，入口处的特产店也开了好几家。

若想领略这里真正的美，还须等到无人之时，只是时至今日这反倒变成一种奢求了吧。但我仍能幻想出，当雨中站上无人的巨岩时，那景象一定棒极了。这样的巨岩绝壁，还有巨岩之上的台地恐怕很难在其他地方看到了吧。果然，只有远眺一望无际的熊野滩，俯瞰击打岩壁的粗犷海浪时，这里的美才能走进我的心底。

南纪的各个车站中，我最喜欢的是那智站，给人极其开朗明快的感觉。当列车停靠,望向窗外,那里的大海竟有一种特别的美。我的南纪之行中,一大乐趣就是当列车停靠那智站时,探出窗外去欣赏南纪海潮的水色。

我去过两次胜浦。那两回我早早出发,看着太阳从地平线的那头冉冉升起,只剩下无限惊叹。大海深深的水色在阳光的照耀下折射出异样的色彩,仿佛被紫色的墨水染过。

两次去胜浦,我都没能目不转睛地盯着大海,掀开的窗帘总是马上又放下。可那时也曾在某处、某个不经意的瞬间看见一幅画,画上是深紫色的大海。我不由得开始幻想,这世间是不是真有紫色的大海呢。

说到潮岬的海,在岬角的高地上看到的永远是潮水退去、岩滩毕现的景象。木本、新宫、胜浦的海浩瀚无边,奔流不息。可潮岬之海偏是一副海不扬波、水花寥寥之态。不过这潮水的枯竭之感正是潮岬独有的风景吧。

我也曾在木本、胜浦的旅馆里整夜倾听波涛之声,那惊人的气势仿佛整个旅店都在随之摇摆。然而,在潮岬高地的旅馆里听到的悠悠波涛声仿佛是遥远之地传来的呢喃细语,兴许是因为我们住的地方太高了,离浪涛拍岸的海边太过遥远了吧。

我多想有那么一回能在潮岬高地的旅馆里听见太平洋的海鸣之音,终究只能是个遗憾罢了。

(《旅》1960年7月;《井上靖随笔全集7》)

佐多岬纪行——老去的站长与年轻的船长

从羽田机场出发之前，文艺春秋社与我同行的田川博一君电话联系了杂志社。他还惦记着来机场时在车里听到的号外，据说内阁集体辞职了。田川君作为增刊的负责人，此次（1954年）的佐多岬之行对他来说好像不是时候。

社里尚未决定是否要发行这版增刊，打算先观望四五日。于是，放下听筒的田川君还是决定跟我一起出发，能走到哪儿算哪儿吧。这一天很冷，从早上起就开始降温，是因为漫天飞舞的雪花吗，如若不是，这寒意定是来自流传在街头巷尾的那则号外。

飞机比预定时间晚了四十分钟起飞，进入大阪上空已是夜幕降临时分。只见整座城笼罩在一片夜色之下，万家灯火的大阪城犹如一张缀着宝石的豪华地毯。抵达板付已是八点半，这里虽下着小雨，可身着外套的我们却感受到一股新鲜的暖意。晚上十点五十分，我们从博多站的筑紫口登上前往鹿儿岛的列车，在列车上被暖气的热浪蒸了一整个晚上之后，终于在凌晨五点抵达鹿儿岛。这里也下着蒙蒙细雨，有种春雨的错觉。天还没大亮，我们便坐上出租车穿行在大街小巷中。直到我们住进酒店，与房间外廊遥遥相望的樱岛仍然还只是晨曦中一个模糊的轮廓而已。

"我好像一下子就逃到这个遥远的地方来了。"听田川君这么一说，才感觉到他这下终于摆脱了被那则铺天盖地的号外笼罩的东京。诚然,昨天四点半才离开东京,算起来不过才过去十三四个小时而已。

我们的目的地是大隅半岛最外端的佐多岬。今天,我们要先去萨摩半岛的最外端,那里与佐多岬隔海相望,明天在那里上船后以最短的距离横渡鹿儿岛湾,最后从大隅半岛邻近佐多町的根占町登陆。

虽然也有船直接从鹿儿岛到根占町,可海浪太大,只好作罢。本来还可以先坐船去垂水,因为垂水也有两条线路可达佐多町,一条是从垂水直接坐巴士过去,另一条则是先从垂水坐火车到鹿屋,再从鹿屋坐巴士到佐多,可这两条路线都甚是耗时,这才定下了之前说的那条路线,顺便还能欣赏一下大隅半岛的风光。

从地图上看,大隅半岛与萨摩半岛分别从东西两端双双将鹿儿岛湾围住,这本无甚奇特之处,只是这两个半岛不论在地形还是在文化上都存在巨大的差异。就连萨摩半岛的最外端都已连通了汽车和火车,而大隅半岛的主要交通工具还是船,只有极少数的地方通行巴士。

两点坐出租车从鹿儿岛出发,前往萨摩半岛最外端的指宿市,沿线都是平坦的沿海公路,车子就行驶在豁然开朗的海岸风景线中。

仅两个半小时,我们就顺利抵达指宿市了。这里是离萨摩半岛外端很近的一个温泉町。今年四月指宿市颁布的市制公告上说，这个温泉町有七千人口。说是村子，其实这里更像是一条通道，家家户户之间几乎都隔着农田，路旁立着一排排墓碑。听说这儿还有五十家旅馆，不过具体在哪里也不清楚。这里果真没有一点温泉町的样子，只像是一处安静的海边小镇，路上还铺满了白沙。

距离昨天离开东京正好过去整整一天了。既来了这里，集体辞职什么的早已抛诸脑后，先去盐汤里泡一泡，再去旅馆的庭院里走一走。温泉的蒸汽飘到了旅馆前的沙地上，听说潮水退去后，穿着浴衣的客人们就会来这里逛逛。可现在，大浪冲洗着海岸，溅起来的飞沫时不时越过快两米高的堤坝落到庭院里。

整个夜晚，门板都在风声中摇晃。

凌晨五点，当窗外还沉浸在夜色之中，我们已动身前往叫港滨的露天海岸。这里就是指宿的港口，乘客会在这里坐上摇橹船，再从摇橹船登上停在海上的轮船。若是白天的话应该能看到"登船处"之类的告示牌。可惜现在太暗了，什么也看不到。海边下行口的堤岸处，有五六位乘客正聚集在一起等船。

其中有一位脸上身上里三层外三层裹得鼓鼓囊囊的老太

太正站在那里，她的三箱行囊就堆在石堤上。其中一个木箱里有鱼，一问才知道是鲕鱼。说是女儿嫁到对面的根占町去了，这些就是给她捎过去的。老太太的话里夹杂着半分方言，我也听不太明白。不光是方言，老太太的牙齿似乎也掉光了。其他还有两箱说是鱼糕和炸鱼肉饼。这夜未央的海边流淌着母亲对出嫁女儿满满的爱意。

"一个人可以吗？"我有些担心地问。

"小女儿也陪我来了。"说着，一位看似她女儿的人走了过来。小女儿的头发是烫过的，上身穿着毛衣，下身是裤装。我看见她在微暗中蜷着身子，可自己与田川君却丝毫感受不到寒意，也许是当地人对温差的变化更敏感吧。

离海边小道稍远的地方原本有处农家，现在也变成卖船票的地方了。三两个吊儿郎当的人买好票把行囊往地上一放就直接坐上去了，要不就干脆躺在玄关处的台阶上。我也跟着他们坐到玄关口，这时，一位男子跟我搭腔，他坐在垫在地下的背包上问我，"你这是去哪儿啊？"听到我说是去佐多岬的，又问我去佐多岬是不是为了视察，听到我肯定的回答后，还感叹道"真是辛苦啊！"灯光昏暗，我看不清他的模样，约莫是位五六十岁的男子，看着像黑市商人。

"你这里面装的是什么？"

"这个吗，是甘蓝，拿到对面去卖的。"

他口中的"对面"就是大隅半岛。他似乎很健谈,聊了许多。今天是甘蓝,其实以往拿的多是菜苗,像是洋葱、甘蓝、花甘蓝、叶葱、辣椒、瞿麦之类的菜苗。

"这买卖一天能挣一千呢。"也没人问他,他自顾自地说着,口气中带着几分得意。

"回来的时候会捎点什么吗?"

"饲料米糠,对面一百一袋,这边要二百五,除去运费,还能挣一百。"

听他说,在对面住旅馆的话要四五百,所以都住在乡下的农家里,两百就够了,还包盒饭。

正说着,人们开始起身朝外涌去,我们拾掇好行李也跟着走了出去。海岸和远处的大海依旧笼罩在黯然的夜色之下。

我和田川君一起步行下到海岸边,甘蓝君紧随我们身后。大隅半岛不种庄稼,没有农田,只产木材、木炭之类的,渔业自然也是这边发达一些。现在正是鰤鱼的季节,这边能捕获大量鰤鱼。行情在每百匁[1]二十五到三十块,而且越临近过季期越贵,尤其是现在这个时节如果摆在商店里卖的话,每百匁不卖个一百都没有赚头,甘蓝君又开始自顾自地唠叨起来。

---

①日本古代衡量单位,1匁=3.759克。

我们大约有十个人，坐上了停放在沙滩上的摇橹船，小船划到远处的海面上，而我们就在微暗的海上等着轮船。

我们等的轮船是从邻近指宿的山川开出来的，轮船在这里搭上指宿的乘客，然后再开到对岸的根占和大根占搭上那里的乘客，接着会停靠大隅半岛的各个村落，最后抵达鹿儿岛。这船每天分别于凌晨五点、上午十点，还有下午两点从指宿发船，一天三趟，是连接两个半岛唯一的交通工具，名曰"北胜丸"。

老远就看见北胜丸上的红绿灯在海面上闪烁，就是迟迟不肯靠近。这时，上了年纪又大腹便便的船老大正与乘客大声开着玩笑，船内的笑声不绝于耳。

乘客中有一位妇人正说着她女儿怀孕的事，船老大便问她，如果是男孩以后让他做什么呢。"做大官呗。"那妇人答道。

船随着海浪在海面上晃荡，越漂越远。对岸是指宿渔业工会的仓库，仓库的红灯一闪一闪的。每闪一下，船就往前漂一下。如果漂得太远，船老大就操起橹使劲划几下，之后便任凭小船再漂上一会儿。

就在船老大与海浪的交锋中，北胜丸终于朝我们开过来了。不知是谁问了一句"能行吗？"船老大自信满满地答道"就指着这个吃饭呢"。果然是吃饭的家伙，没几下就划到轮船的身侧了。

轮船上除了这次一起上来的人之外几乎看不到其他乘客。客舱有两个，一起上来的人都涌进其中一间客舱。而我与田川君走进另一个铺着榻榻米的空客舱，甘蓝君也背着背包跟了进来。

只见他身着竖领衣服，脚踩分趾鞋，头上戴着军人的战斗帽，皮肤在海风中晒得黝黑。年龄就跟刚才在卖票的地方看到的印象差不多，五十五六岁的样子，眼睛不大，但面带和善。

船突然开始剧烈摇晃，我与甘蓝君正说着话，一旁的田川君因为晕船变得难受起来。

"后面的视察也会很辛苦的，"甘蓝君看向田川君说道，"对面跟这边可不一样（指宿海岸），那边还没开化，可不是好待的地方。"

不知是不是突然想起了什么，他忽然就说起奉天的事儿来，"奉天是不错的地方。"

"你在奉天待过？"

"从大正六年就开始在奉天车站工作，之后又在牡丹江车站当了六年副手，再后来在奉天附近的一个车站当上了站长，嗯，当时我手下可管着二十个满洲人呢。满铁①还给我

---

①1906—1945年间日本在伪满洲国设立的南满洲铁道株式会社的简称。

颁了奖杯，金的银的都有，嗯。"

他每说完一句，都要在后面附上一声"嗯"。

"为何要给你颁奖杯？"

"说我工作认真呗。"

"在哪里当的站长？"

"奉天附近，一个小站。"

问他站名也不说，看来是个不起眼的小站吧。

"奉天是个好地方，那样的城市怕是不多了，不过我大正二十一年就从那儿撤走了。"

说起撤走的事，他话里话外还透出几分不舍的感觉。一问才知道，好运似乎自他从奉天撤走之后便再与他无缘了。他身上穿的西服确有几分像是站务员的旧式制服，我问他是不是满铁时代的衣服，他说：

"可不就是吗，很结实，英国货呢。"

只是这件英国货已满身补丁，似乎在诉说这位老战长自那以后的生活有多么艰辛。

这时，一位年轻的船员探进头来，告知我们因为海上浪大就不停靠根占了，直接开往旁边的大根占。听到这话，甘蓝君立马在一旁说道：

"七十五块的船票可以坐到一百块的地儿了，赚了二十五呢，可这下得花十块坐巴士返回根占，不过算下来还是赚了十五。"

这位站长的脑回路真是奇特,不过这算计实在是天衣无缝。

摇啊摇啊,船终于摇到大根占的近海处,我们又在这儿坐上了摇橹船。在指宿上船的人几乎都在这里下了船,这儿虽是个港口,但却没见有任何设施,只有波涛汹涌的海岸。

为了不沾湿鞋袜,我小心翼翼地从摇橹船上跳上岸,就这样,我与田川君踏上了大隅半岛的土地。在船上明明已经吃不消的田川君从船上跳下来的那一刻,瞬间就恢复了活力。

老站长也要去佐多町,于是我们三人结伴步行前往巴士站。站长背着背包,手里还提着两个包袱。背包和其中一个包袱里装的都是甘蓝,背包里有五贯[①]、包袱里有两贯,剩下的那个包袱装的是菜苗。

我们在大根占町坐上了去佐多町的巴士,巴士沿着海岸线驶去,右手边就是波涛滚滚的鹿儿岛湾。开进根占町,海岸一下子变成了乱石滩。透过黑松林窥见的海岸上到处都躺着茶褐色或黄色的大石头,这里一小堆,那里一大堆,被海浪冲洗过的石头带着一丝咸咸的味道,果然跟对面的指宿海

[①]日本尺贯法中的重量单位,1贯=3.75kg。

岸大不相同。对岸如同新形成的火山地带，自由开放，而这里却截然相反，以沉积岩为基调形成的海岸线曲折多变，丘陵紧邻大海，整体呈现出黯淡的感觉。

坐在最前面的老站长时不时转过头来与我摆谈，

"这一带的野漆树特别多，用来做蜡烛或机械油。这里还大量产香蕉，销往各地。"

巴士有点晃，老站长说出的话也变得时断时续，

"大家快看，山丘上有座小学，那里的黄瓜开花了，西红柿也长出来了。"

西红柿倒没看见，只是小学所在的那座山腰上有一小块田，那里面的黄瓜还真开出了黄色的花。

巴士只要一停靠哪个村站，老站长就会起身帮忙打点，那表情认真极了。他一会帮着乘客把行李抱下来，一会儿又帮着重新安排座位。只要一起身，他裤子上的布补丁就跟着飘起来。

"老哥，家里有孩子吗？"

不知何时，我对这位甘蓝老站长的称呼变成了"老哥"。

"原本有两个儿子，一个战死了，一个病死了。从奉天撤回来以后，家里就剩我和我老婆还有女儿三个人了。女儿现在在熊本打工。"

"那家里不就剩你们两口子了吗？"

"家里现在是三个人,还有个老妈。"

他接着又说,原本在满洲攒了七万块,可撤走时只拿回来了一千,真是可惜。

"要搁现在,那就值七百万了。"

"那还真是不幸啊。"

"不过三年前,我用五万块修了栋十五坪的房子,现在也值几十万了呢。"

说到这里,老站长的表情顿时亮了起来。

我拿出记事本开始写起来,

"你的名字?"

"村口善吉。"

"家住哪里?"

"指宿市十二町。"

我又顺便问了年龄,

"刚好六十岁。"

说完后,老站长不知在想什么,表情变得有些僵硬,陷入了沉思。

"到时候这杂志也送你一本。"

听我这么一说,他的表情忽地又亮了起来,

"哟,杂志吗,那真是太好了!"

汹涌湍急的大海对岸就是萨摩半岛,萨摩半岛的群山清晰地浮现在海的那一头。群山的最前端是圆锥形的开闻岳，山顶之处云雾缭绕。

渐渐地，巴士离佐多町越来越近了。老站长又跟我摆谈起来，

"这一带产炭，这里的炭烧的时间长，因为这儿的木头因潮湿的海风变得异常坚硬。"

这里的丘陵蔚然成林，虽苍翠茂密，却没有一片红叶，让人察觉不出四季的流转。

不久之后，巴士拐过一个大弯，佐多町最大的伊坐敷部落忽然就闯进了我们的视野。这个村落在背靠大山的一个小海湾边，面朝大海的方向筑起了石坝，石坝内密密麻麻围聚着数百户人家。

到达终点下车后，老站长摘下他的战斗帽恭敬地行礼与我们告别，

"那么，万事小心了。"

摘下帽子的他原来是秃头。

我们径直朝町公所赶去，田川君收到每日新闻鹿儿岛分社传来的消息，那是一封让他回京的电报。

好不容易才来到佐多町，讽刺的是，这里等着田川君的竟是回京的命令，内阁总辞职那场未尽的风波终是让他无处遁逃。

"我只能与佐多说再见了。"田川君说道。

我一个人仍打算从町公所前往佐多町,若是陆路的话须步行一段长达数里的险峻之地,所以只有行船过去了,可听说这里的船因今天的海浪太大都出不了海了。

与町公所的人商量之后,决定先去太平洋沿岸一个叫大泊的村落,距离此处有三里地远。从那里坐船到佐多岬需要三四十分钟,所以先去那里待到风平浪静后再出发。町公所安排了一辆皮卡车载我一程,并让领路的永山先生与小山先生与我同行。

佐多町原本是含佐多岬在内的大隅半岛外端几个村落的总称,町内各个村落之间相距数里远,彼此还隔着险峻的大山。

其中,町公所所在的伊坐敷是最大的一个村落,有八百户人家,上万口人。除此以外,还有三十六个村落分散各处,户数从十至二三十户不等。

这一带少平地,大多是陡峭的山地。町内的小学和中学各有七所。即便如此,大多数孩子为了上学不得不在险峻的山路与低洼的石滩之间上上下下。据说佐多町从前就是一座陆地孤岛,严格来说是孤岛的集中地。

我与田川君离开町公所后,在一个叫南洋馆的旅店用了午餐。田川君定了十二点十分的巴士前往垂水,再从那儿坐船返回鹿儿岛。

午餐刚吃完，町公所为我安排的小型皮卡就开过来了，田川君与我在旅店前就此匆匆别过。

我坐上这辆小型皮卡的副驾，而町公所的永山先生与小山先生抓住驾驶室的顶盖就坐在后面的货厢里。

在伊坐敷村的村头，我竟意外地瞅见老站长村口先生的身影，他正从路旁的一户农家走出来，只背着背包，之前一直提着的两个包袱不见了，或许已经在哪里处理好了吧。

我正想摇下窗户招呼他一声，司机已停好车帮我吆喝起来，

"坐不坐车啊，大叔。"

老站长就站在离我们十一二米远的农家小院前，只见他冲我们大大地摆了摆手，面带微笑地深深低下头去，像是对我们致以崇高的敬礼。

或许他要去别处吧，抑或是他还得挨个儿拜访这里的人家吧。

皮卡车继续朝前开去。离开伊坐敷后就进入了山地，一路都是不好走的石子路。我们就像坐坦克似的，颠簸着从树根、石头上碾过，强行向前推进。永山先生与小山先生时不时还要下去帮忙推车。路的两旁是山，山上长满了各种树

木。这里的枫叶还没被染红，只有茱萸的叶是红色的，偶尔还能瞧见大吴风草黄色的花朵。这里随处可见野生的铁树，每株铁树上既有绿叶，也有茶色的枯叶。阳光下，丛林间的一抹绿闪耀着细腻的光芒，当然，那已不是冬阳，而是早春的阳光了。

西边已经能看到岛泊村了。卡车只能通行到海盗浦，于是，我们从这里开始下车步行。我们蹚过乱石滩，来到通往大山的谷溪处。这里一下雨就会被淹没，满地的石块儿让这里路不成路。不一会儿，我们从谷溪处走到半山腰的小路上，这条丛林小道窄得只能容下一人通过。

一路上，波涛声不绝于耳。白色的野菊花开了，薄薄的花穗闪着银色的光芒。大吴风草叶的色泽愈加浓厚了，看起来多了几分坚韧。

不一会儿，我们来到一处断崖的山腰处，这里尽是岩石山。从这里往下走，又见一处乱石滩，接着继续翻过一处断崖下到另一处乱石滩后，竟在那里意外地发现约莫三十户人家，他们抱成一团，紧紧地贴在这山与海之间的狭小之地。在这个叫尾波濑的村子里，每家每户都围着竹编的挡风栅栏，就连屋旁的一小洼田地也用竹栅栏围着。

据说这里的岩石上刻有朝鲜之役①的印记,说是当年为了凿出萨摩军船靠岸用的栈桥,便剜空了这里的岩石,可我们实在没精力再去寻访那些石头了。

这个村落还流传着另一个传说。

很久以前,岛津藩主路过此地时,爱上了当地一位侍奉他的姑娘。藩主非常宠爱这个叫御真濑的姑娘。离别之际,藩主要将知林岛送与她,可御真濑说这岛于她也是毫无用处,她想要的只有藩主身上绣有十字的褂子。于是,藩主便将自己穿的外褂赠予了她。

回到鹿儿岛后,藩主对御真濑念念不忘,遂作和歌一首"佐多海边哭泣的御真濑啊,是什么爱情啊,是佐多之恋"。

当藩主再次来到佐多并召唤御真濑时,御真濑却因这段悬殊的恋情罹患重疾。她遁入在村头的海边搭起的茅草屋,因自己丑陋的病容羞于见人。藩主见此,又作和歌一首"心悸,筱竹、破竹席之中,泛起的思念,与日俱增"。

之后,岛津藩主将自己的烟盒赠予她后便归去了。

这个传说经过代代口耳相传传了到今天,可在不久的将来也会有被这里的人们所遗忘的那一天吧。

---

①万历朝鲜战争(1592—1598年),又称万历朝鲜之役、万历援朝战争,指明朝万历年间明朝和朝鲜抗击日本侵略朝鲜的战争。

这段浪漫的爱情故事或许就发生在朝鲜之役①之时。如若不是，岛津藩的藩主应该不会踏足如此偏远之地。这个姑且不论，故事里的和歌明显不像是藩主所为，更像是市井百姓根据藩主与御真濑的爱情悲歌唱出来的。

还有，尾波濑没有水井，只有一处地方会涌出水来。

离开这里后，沿山出现一条宽约两米的山道，终于有一条像样的路了，前面有一群闲庭信步的小牛。无论走了多久，它们始终走在我们的前面，像是被我们撵着走似的。途中还突然跳出一只鸡来，它也开始加入到我们前面的队伍中去了。

整个佐多町穿行着放牧的牛儿，特别是从这里到大泊的一路上尤其多。这里出产的牛叫佐多牛，颇有名气，一年的产值可达三千万。在一年四次的公开竞拍牛市上，仔牛的销量可达千头。其实一直到大正十年以前，这一带都是以产马地而闻名的，而且一直是大家熟知的萨摩两大牧场之一。到了大正十年，指宿病流行，马儿一匹不剩全病倒了，自那以

---

①朝鲜之役（1592—1598年），又称万历朝鲜战争，指明朝万历年间明朝和朝鲜抗击日本侵略朝鲜的战争。日本称为文禄·庆长之役。朝鲜称为壬辰倭乱。1592年4月，日本太阁丰臣秀吉调动军队14万人渡海至朝鲜，正式开始了对朝战争。一个月便攻陷朝鲜京城，驱逐朝鲜国王。明朝遂集结4万人援兵朝鲜。1597年正月，明朝与日本议和失败，日军大军再侵朝鲜，明朝再次援朝。不久，丰臣秀吉病逝，日军全部从朝鲜半岛撤退。

后就被牛取代了。

马上要进大泊村了。这一带似乎也没种多少庄稼，少有的农田里长着约一寸高的麦子，还有的地里正在准备播种。农田四处都堆着黑土，状若馒头，听说里面储存的是萨摩芋头。土馒头的顶上插着一根通风的麦秆，像极了一炷祈祷时点的香。

很快，我们就到大泊村了。这里是一处环抱小海湾的港口，地形像一个荷包。同样是山与海之间的狭小空间，却密集地聚居着三百来户人家。虽然不大，但绝对是个天然良港。

走到海边，只见一艘挂满彩旗的蒸汽轮船泊在海湾，听说正逢新造船"丸十丸"（十马力）的下水仪式。这船的船头与船尾各插着一根竹竿，两根竹竿的顶端用绳索连着，竹竿和绳索上均挂满了彩条，有白色、红色、紫色、桃红色还有黄色五种颜色。虽然船上的乘客不少，却没半点嘈杂的喧闹声，一片清风雅静。这艘挂满彩旗的新船抛下铁锚，泊在海中央的样子竟让人生出几分孤寂之感。

有几个大人和十多个孩子正光着脚丫站在海边眺望大船。沙滩上还有三头牛，也驻足凝望着船的方向。

同行的永山先生与小山先生帮忙去打点坐船的事，可没多久就回来了，听船上的年轻人说，眼下才出了大风预警的通知,要去佐多岬的话最好趁早,到了明天海上的风浪反而会更大。

"这下怎么办?"

被永山先生这么一问,我一时也不知所措,不过最后还是决定听那位年轻人的。小山先生又去落实坐船的事,这次很快就说定了。

这个村子没有旅馆,我们打算坐船先去当晚准备留宿的区长家,现在一切只等船准备就绪了。

二十分钟后,船上的年轻人过来接我们了。他头发有些蓬乱,脸有些黑,不过面相看着很是精干。他的裤子上沾有污渍,上身套着正装式的白毛衣,只是那白毛衣上也沾着油渍,而且两边胳膊肘的地方已经磨得掉毛了。

"不会有问题吧?"

我再三向他确认,他抬头看看天儿说:

"嗯,看起来应该不用担心。"

说完他还笑了笑,就像把一切都交给老天爷了。那笑脸一如少年,听说他今年二十二岁。

海边一角的石阶栈桥旁停着一艘摇橹船,船不大,勉强能容纳我们三人,且船身短而宽,像极了一个盥洗盆。

我、永山先生、小山先生三人一个挨一个猫着腰蹲上船后，那位年轻人就迫不及待地操起船橹朝停在海面上的机动船划去。

其实那艘机动船也着实不大，船上还有一位助手模样的少年。

他们很快拧动了发动机，小小的船身跟着震动起来。那位年轻的船长名曰日高和八，在船上帮忙的少年是日高君的弟弟。

"这船有多少吨？"

"1.8吨的样子。"

日高君答道，比起年纪，他说话的口气竟老成许多。船一驶出海湾，风浪陡然大起来，船乘着风浪颠簸前行。从船的左右两侧伸出去两根粗竹竿，就像两根触角似的，上面还缠着细细的金属丝，金属丝上沾着鸡毛，或许刚刚才有鲣鱼上了钩。

"这船是借来的？"

"开玩笑，这船就是我的。"

年轻船长一脸不服气的神情。

"那平时做什么？"

"捕鱼。"

"这船应该开不了很远吧？"

"说得也是，美国自然是去不了的。"

日高君的双眸在黝黑且精干的脸上闪烁着光芒。

只有在写情诗的不良少年脸上才会露出那样的神情吧。

不畏前路、不惧艰险,那是一张永不服输的脸。

他的头发被风吹到脑后。

"我的船从来都开得很远哦,远到从岸边看去,连跑国际航线的大船都变得很小的地方。说到底还不是因为海太大了,不过我们现在也算是在太平洋的中央了吧。"

"捕什么鱼呢?你应该什么都能捕到吧。"

这次,我小心翼翼地说着,生怕又伤害到这位年轻萨摩男子汉的自尊心。

秋天布鲣鱼的饵,冬天就撒下鲨鱼的饵绳。

"还能捕到鲨鱼?"

"有一次我一下就捕到七条,无奈船只能装下三条,我就把剩下的四条暂时放在海里,第二天再去运回来的。一条少说也有三四十贯,这条船最多也就能装下三条。"

我能想象到就如他说的那般,先把鲨鱼诓到海面上来,再拖到船里,若是鲨鱼不上钩,就潜到水下把它们逮上来。日高君说这话的时候表现得英勇无比。

春天捕鲭鱼,夏天捕飞鱼,听说每一季能赚十万块。

听日高君说着话,他在我心中的模样也逐渐清晰起来。鲭鱼、飞鱼、鲣鱼,还有鲨鱼,他每天与鱼追逐,他的船成日在佐多岬周边的海域徘徊，而他就是那艘小小发动机船的船长。

"这一带有十六七寻①深""天上飞的鸟是鱼鹰……"日高君时不时跟我们絮叨起来。

汹涌的大海不知何时变成了蓝黑色，船沿着断岩峭壁的海岸线向前驶去。

穿过两处岬角看到一个叫田尻的村子，这个海岸边的村落聚居着六十来户人家。

"夏天也会潜到这儿来捕鲍鱼。"

"这也行？"

"开玩笑！论潜水，放眼整个大泊，我也是年轻人中的翘楚。十三寻的深度对我来说不值一提。"

"那个，打听一下，一位成年渔民大概能赚多少？"

"这里不分什么成年不成年，中学刚毕业的大概能拿到熟练工的八成左右。我嘛，比熟练工厉害，还有额外的收入。"

"真是了不起啊！"

"也没啥大不了的。"

谁知我一夸他，日高船长瞬间又变回了日高少年，反倒扭捏起来，竟不像是他了。

---

①长度单位，用来计测绳、钓线长度或水深等。1寻=6英尺（约1.8m）。

绕过第三个岬角，前面就是佐多岬了。岬角端头的不远处有座岛，由四块岩体组合而成，其中一块岩体上建有一座白色灯塔。岬角还有那座岛的四周白色浪花四溅。

"还真是风急浪高啊。"

"这可算不上什么大风大浪。"

"这还算是平静的？"

"也不能说是平静……"

船慢慢靠向佐多岬。听说从这儿到佐多岬一带海流湍急，一般的机动船倘若逆流而行，要花三四个小时才能通过。

"现在怎么办才好？"

"现在还好，等到退潮的时候，鹿儿岛湾的潮水全都会涌过来，那才不得了。"

灯塔远远望去像一件十分精美的摆件，这摆设的底座就是岛。这岛，还有这四块大岩体的排列组合都是艺术品。

驶过枇榔岛，眼看灯塔越来越近了。

"从哪边靠上去啊？"日高君问道。

"灯塔岛能上去吗？"

"没有上不去的地方。"

"没有危险吧？"

"要说危险，什么时候都有危险。"

"有灯塔的大轮岛从近处看去全是岩石。陡峭的岩壁下散落着礁石，海浪拍打岩礁，溅起高高的泡沫，又四散而去。"

我们小心地驶向岬角处靠岸。

虽说岬角下也有到处散落的岩礁，大浪拍过来时浪花四溅，不过好在海边还有几处沙地，从那儿上岸要容易些。

这个时候我才发现，我们坐的船后还拖着一艘类似我们之前坐的小盥洗盆似的摇橹船。

我们下到摇橹船上，日高君迎着海浪，一边小心地穿行在岩礁之间，一边向海岸划去。

"好了，下船吧！"

听到日高君的指令，我们从船上跳到水岸边。摇橹船也随着下一个打过来的波浪翻倒在岸边。日高君再次巧妙地将它推出海面，一个人划回了他的机动小船。

"我们等着你哦。"

永山先生朝日高君远去的方向喊道。

如果就这样被遗忘在这里，那真得出大事了。日高君用细致独特的手法摆弄着船橹，听到我们的喊声后微微抬了抬右手回应我们，仿佛在说"没问题"。

我们三人开始踩着陡峭的石梯，向岬角断崖上的灯塔事务所爬去。

爬上石梯，是一处狭小的台地，那里有一栋长方形的石头建筑。门柱上挂的牌子上写着"佐多岬航路标识事务所"。明明以前就叫佐多岬灯塔的，最近却改了个这么麻烦的称呼。

这里的灯塔是英国人在明治初年建起来的，根据江户条约，最初在我国建了八处灯塔，佐多岬灯塔就是其中之一。明治二年开工，明治四年灯塔和这栋石屋竣工。起初是英国人在管理，大约在明治二十七年才交由日本人管理。

站在石屋前仔细一瞧，这栋有些历史的建筑上没几个窗户，整体被隔成了三个部分。正中是事务所，左右两边是宿舍。

石屋外立面的石头因常年风化，表面布满了侵蚀出的小孔洞，像泡沫岩一样。我触摸着那些风化的石头，若没有想起也就罢了，可偏在这时，脑海中应景地闪过横山隆一的佳句"饱经八十年风霜的石头如钢铁般坚硬"。我拾起一粒滚落在旁的风化小石子，揣进了自己的口袋里。

我们走进石屋，只有一扇窗户的事务所里显得有些昏暗。黑板上只留下了一句"下次换岗十二日"。灯塔的换岗一周一次，所员五人之中有两人会轮流常驻灯塔。这事务所与灯塔所在的大轮岛之间近在咫尺，仿佛一脚就能跨过去。可实际上要爬上去换岗可不是件容易的事儿。遇上大风大浪，换岗还得延期。即使是风平浪静的时候，只要不是勇敢如日高船长那般的人物，想靠手中的船橹划船靠岸也绝非易事。

听事务所的金柑干雄氏说，没肉的日子还能忍受，没蔬菜的日子实在吃不消，平日的饮用水就是雨水，先把雨槽接到的水汇集到一起，再用炭和沙过滤。这里除了夏天，几乎没有人会来。

"对孤单倒是习以为常了，只是上灯塔工作的时候，住的地方在岩壁上，遇到暴风雨时就很可怕，担心岩壁会不会塌掉。"

所长去了鹿儿岛，就剩金柑先生与我们攀谈起来。

"工作忙吗？"

"上灯塔工作的时候就忙。这里是正规的气象观测所，一天观测三次。遇到台风的话，每小时就得观测一次，挺辛苦的。本来点灯设有自动装置，可也不太灵，所以每隔四个小时还得人工操作一下，所以晚上都是轮班睡觉。"

那之后，金柑先生跟我们聊了许多，"有一种像海鸥的鸟经常飞进灯室里来""今年已经看到好几次海难发生了""这宿舍旁还有狐狸出没……"

离开事务所，金柑先生领着我们去参拜御崎神社。俯瞰大海，海面全是泛起的白色浪花。我们坐的那艘机动船像一片树叶一样漂浮在距离海边三百米远的地方。我在那片叶子上看到了日高君与他弟弟小小的身影。

"这风不打紧吧?"

"一千毫巴①的低气压正朝东北方向行进,目前也出了强风预警的通知。不过不打紧,咱们慢慢过去。"

金柑先生话虽这么说,但看样子还是尽早回去安全一些。

事务所背后大约一町②远的地方有一座御崎神社,四周杂木丛生。木造鸟居的四周有铁树还有槟榔树,长得枝繁叶茂。正前方就是小小的神殿,颇有一丝荒凉之感。

我们离开神殿返回宿舍后,又径直朝刚才相反的方向走去。那一头是岬角外延最远的一端,那里只有一条勉强能通过一人的小路,小路两旁长着茂盛的山白竹,起风时就传来沙沙的声响。白色灯塔就在眼前了,灯塔下是潮水卷起的漩涡。东边是种子岛、屋久岛,西边是竹岛、硫磺岛,它们的影子在阴暗的天空下显得模糊不清。种子岛映在水平线上的岛影平坦整齐,像极了平放在海面上的一块板子。这时,金柑先生说,

"已经四点了,潮水要涨上来了。这里的海潮自东向西,流速很快,且到处都有岩礁,对过往的船只来说是片很危险

---

① 大气压的单位,1毫巴=100帕。
② 长度单位。1町约109米。

的海域。"

"这儿离海面有多高?"

"有五十米高。"

我们开始往回走。虽是九州的最南端,但听说这里到了冬天因为凛冽的海风也很冷。而夏天也因为湿气重,每次巡完灯塔回到宿舍就会看到生霉的榻榻米。

我们沿着石阶重新下到海边,海的那一头似乎很快就认出了我们的身影,一艘圆木舟似的摇橹船又从1.8吨的机动船旁划了过来。这时,海上的模样已经大变,浪越来越高。都说大浪来时会踩着七五三的节奏,如果不是连着七下,就是五下或三下。

数到五下,待一波浪潮退下后,我们一下子跳上摇橹船,又有三两下大浪打过来,船底瞬间浸满海水。即便如此,日高君仍巧妙地将小船划出岩礁地带,靠向机动船。

已经日暮黄昏,风越刮越大,机动船全速向大泊驶去。

大海依旧是一片蓝黑之色,只有海浪的浪梢时不时透出蔚蓝之色。

我不禁感叹,

"这大海的色彩啊!"

"有不少一百至一百五十吨的大船都折在岬角至大泊的这片海域,因为这海的颜色让人看不清暗礁。"

"今天这样子能行吗？"

"随便胡乱划两下自然是不行的，我就不同了，我可是通过了四十天的学习拿到海技证的人。那证书上还有运输大臣石井光次郎的署名呢，跟县知事的署名可不是一回事儿。"

他接着说道，

"在大泊的年轻人之中，除了我之外还能拿到这个证书的就只有一人。"

"真是了不起啊。"

"哪里哪里。"

日高君又摆出一副难为情的表情。没人表扬的时候总是趾高气扬的模样，一旦夸上一句，这位年轻的船长立刻又谦逊起来，反倒默不作声了。

登上大泊海岸已过五点，靠岸坐的还是方才那艘摇橹船。之前停在海湾处的那艘新造船已经消失在视野之中，这里仍有五六头牛悠闲地走在日暮黄昏的海滩上。

我与日高君话别后往区长家走去，途经一处平房，四面围着石墙。这家人都在外打工，现在是处空宅。但这里曾经是所衙门，幕末黑船来袭[①]的时代，我们所造之船就是先在

[①]1853年，美国东印度舰队司令马修·佩里将军率领四艘军舰开到江户外海洋面，以武力威胁幕府开国。美军战舰庞大的体形震惊了当时的日本人，由于美国人的舰船全部被漆黑色，因此被日本人称之为"黑船来航"。

这里改装、之后再送至萨摩半岛的山川①改装，最后从鹿儿岛下水。

我们暂时寄宿在区长家，这一带的房屋结构好像都是统一的，四间房挨在一起，像个田字。隔扇后就是榻榻米的客厅，完全没有壁橱之类的空间，只能将四个房间中的一个全都拿来放置行李杂物。这设计实在称不上精妙，不过听说考虑到台风来袭，屋子的底座加装了数根粗木。

那晚大风呼啸，我数次从风声中惊醒。

第二天依旧是大风，想要绕过佐多岬横渡伊坐敷终是勉强，可我也再没了原路返回的力气，于是我决定再次拜托年轻的船长，先坐船到滨尻村，从那里横穿半岛后再步行至伊坐敷。据说这个方案的步行距离是最短的。

小山先生去找日高君交涉坐船的事，不一会儿，两人一起回来了。今天，日高君戴的那顶帽子像一顶真正的船长帽，崭新的帽檐上镶着一枚大大的金色徽章。

"喂。"他也不脱帽，只朝我们点了点头，多少有些傲慢，可傲慢中还带着几分少年的羞涩。

"今天能行吗？"

"这个嘛……"

"拜托了。"

①位于萨摩半岛的南端鹿儿岛县揖宿郡的町。

"那走吧",之后还不忘补充一句,

"起风了,要走就快点。"

英勇无比的船长是个急性子,不由得让我们的性子也跟着急了起来。

赶至岸边,依然有几头牛正在沙滩上吹着海风,还有七只在风中刮得东倒西歪的鸡。扛着背筐的妇女们光着脚从那里经过。与昨日的光景不同,今日的海湾停靠了十余艘像是在避风的机动船。

我们一如昨日那般先坐摇橹舟划到机动船旁。上船后,船长摘下帽子随手一放,像昨日一样任由头发迎风飘扬。

船驶出海湾,朝佐多岬相反的方向驶去。前面出现了几座小小的岬角,不一会就被我们甩在身后,越来越小。

外浦、间泊、竹浦,岬角与岬角之间坐落着一个个小渔村。这些渔村无一例外被夹进了岩山缝儿里,前面是一小片海滩,村里就住着二三十户人家。

岬角一个接一个出现在眼前,这些岬角的前端连着延伸出去的岩礁,看着就像锋利的箭头,滚滚波涛袭向箭头的时候扬起白色的飞沫。每根箭头上还长着一棵松树。

大约五十分钟后,船逐渐靠向滨尻村。这个村子没有海湾,直接面向外海。长长的沙滩一角坐落着约莫三十户人家。这里家家户户围着石墙,一面紧贴着一面,一看便知这村落定是长期被惊涛骇浪所扰。村落南边的沙滩看起来是黑色的，听说沙里多含铁砂。

沿岸没有停靠的船只，我们坐上摇橹舟向岸边划去。日高君放下我们后说，

"这下送到了哦。"

终于完成了自己的使命，这句话的口气仿佛是卸下货物后的感叹。

他操起船橹划向自己那艘小船，而我自始至终都站在风中的岸边目送他回到自己的船上。

听说这个滨尻村总是受到台风的侵袭，灾害最是频繁。如果刮起十二号台风的话，村子三分之一的屋顶都会被海浪盖过。家家户户用坚固的石墙武装起来，眼前这光景就是他们对自身宿命的无奈回应吧。他们注定将陷入与风浪无止境的斗争之中。

村子背靠岩山，没有水井，只能依靠小河里的流水生活。如果久不降雨，立刻就会陷入缺水的困境之中。人，注定得生活在饱经考验的地方吧。十二号台风刮过，村里人人都说，

"埋怨神佛终是无用，要埋怨就埋怨祖辈们吧。"

滨尻村的村民不出海陆、盐屋、滨尻、今针山这四大少见的姓氏。

有记载说以前这个村前的海边造过大船，据说现在还能看到那个时候的木工之墓。我们走在滨尻村前的海滩上，这里没有步道，只能沿着海岸线走去。村里大多数人都加入到海岸的维护工程中。多是妇女的海陆家族与今金山家族，为了守护自己的村落正在运砂。

我们从海边走进松林，那边有条路通往伊坐敷。没过多久，我们沿着这条路顺势深入一处盆地。在那里，我发现一处田圃，来半岛后，我还是第一次发现如此有模有样的田圃。一面大岩壁像屏风一样伫立在盆地的一角，岩壁脚下聚居着二三十户人家。那是一个叫坂本的富足村落。

向左望去，这个村子的不远处就是郡村，这时距离我们走出滨尻村已经过去四十多分钟了。

我们走进一所中学，借那里的电话与伊坐敷公所商量如何派皮卡车过来接我们，此时正在校园里玩耍的学生几乎都光着脚丫。

这所中学的前面是近津宫神社，供奉的是御崎神社的姐神。我们顺着粗糙的石阶爬上去一瞧，这神殿竟也是一副荒废的模样。

每年二月十八日，七浦（田尻、大泊、外浦、间泊、竹浦、故里、郡）的青年们从御崎神社抬出神轿，绕七浦海岸周游一圈，并于第二天的十九日到达近津宫神社。二十日还会在这里举行盛大的祭祀活动,庆祝姐弟二神的相会。当地流传的歌谣中有一句"一年一次,神仙也会穿越七浦来此相会",说的就是这个祭礼吧。

我们从郡村坐上前往伊坐敷的皮卡车,这条路的路况比昨天的还要糟糕。丘陵背后是一个叫马笼的村落,听说那里每年都有竞拍的牛市。

到达伊坐敷已经十二点了,我们去了昨日与田川君告别的南洋馆吃午饭。

"怎么样了啊,还顺利吗?"

听到招呼声,我转过头去,却看见老站长正站在店门口。被他这么一问,我一时也不知该如何回答,

"你这是去哪儿啊?"

"准备回去了。"

他要坐的是比我早一班的巴士,我跟他说这次不能同行了,甚是可惜,结果这位老站长立刻就说他要在中途换成我坐的这班车。正说着话,他的巴士来了,我俩只能暂时分开。我坐上两点的巴士,小山先生与永山先生一直朝我挥手告别,直到车子开走。

老站长果然按照约定,在根占町的某个车站换上了我这辆车。只见他手拿大丽花,花茎像是杨桐木做的,上面就点缀着那朵人造假花。

"这是拿去卖的吗?"

"才不是,拿回家的。"

话音刚落,车里就有个女人问他:

"卖多少?"

"一个十块。"

那女人好像只是问着玩的,没有要买的样子。老站长也意兴阑珊,没有特别想卖的样子。

我俩在大根占町下车后,我只需在那里等着去垂水的巴士。可站长为了坐船回指宿还得赶往我们昨天下船的码头。巴士本就晚点了,如果再不快点怕是赶不上船了。

"那就再见啦。"我与他告别。

"保重!"他也与我说再见了。

真是一场仓促的离别。老站长的背包不知装了些什么,看起来依旧沉重。右手拿的人造大丽花剧烈摇晃着。花是假的,本不必担心,可不知怎地,远远看去,总觉得它就要掉落了。我坐的巴士迟了二十分多钟,不知是不是为了挽回这点损失,巴士从一开始就沿着海岸线全速行驶。

今天的鹿儿岛湾仍是大风大浪的一天。一直到终点垂水近两个小时的时间里,我的视线一刻也没有离开过大海的方向。驶过坂元附近时,我瞥见两位沐浴在落日余晖中的老太太正在开阔的海岸一角做着针线活儿。那一幕让我至今难忘。终于，我于七点从垂水坐船抵达鹿儿岛。

（《别册文艺春秋》1954年12月；《现代纪行文学全集 南日本篇》修道社，1960年）

译后记

但凡对日本当代文学略为了解的人应该都听过井上靖的名字。他是一位与中国渊源颇深的日本文坛巨匠,一生创作了大量小说、评论、随笔和诗歌。

而此次由我执笔翻译的这本《日本纪行》则是井上靖的一部纪行随笔,共十九篇,皆为他在旅途中的所感所思。在作者细腻的笔触下,我领略了书中每一处充满日本风情的景与物。然而,读到最后,我忽然领悟到,这些不同的旅行经历,看似写景,实则写的是"情"。书中所写种种皆蕴含着先生无限的畅想、对死亡的感悟,字里行间充斥着对生命纯粹的感动。

作为译者,若要说翻译过程中遇到的最大困难,就是如何在中文语言上达到井上靖在日文语言上的造诣。井上靖是诗人出身,他的用词看似平淡,实则讲究,因此在翻译时,我亦在中文措辞上字字推敲考究,不但要准确译出笔下之意,更要译出笔中之韵。

其次，井上靖这一部作品囊括了十九篇纪行文，包罗万象、文风多变，还有各种深植于文化背景中的典故。这些在翻译上都带来一定的困难，除了做好文字工作，统一文风，亦需了解查阅相关地域的文化背景、历史典故等，以确保译文的准确性与地道性。

在翻译此书的大半年间，感谢编辑对我的信任与支持，我只能字字斟酌，努力改进与提高，希望拙译不辜负编辑对我的信任，最终能为读者呈现出井上靖笔下一幕幕美景，并带领读者走进作者的内心世界，产生情感的共鸣，体会无穷的余韵。

郭　娜

2020年5月于重庆

附录　井上靖年谱

1907年（明治四十年）
5月6日，出生于北海道上川郡旭川町，父亲井上隼雄，母亲八重，井上靖为二人的长子。
祖父井上洁。井上家是伊豆汤岛的医生世家。母亲八重是家中的长女。父亲隼雄为井上家赘婿。

1908年（明治四十一年）　1岁
父亲井上隼雄出征前往韩国，井上靖同母亲搬至伊豆汤岛。

1909年（明治四十二年）　2岁
因父亲调动工作，迁居至静冈市。

1910年（明治四十三年）　3岁
9月，妹妹出生，和母亲一起搬至汤岛。

1912年（明治四十五年） 5岁
父母离开汤岛，将井上靖交由其户籍上的祖母加乃抚养。加乃是已故的祖父井上洁的小妾，此时已入籍井上家，在法律上是井上靖的祖母，平时独居于仓库中。井上靖与加乃的感情十分深厚。

1914年（大正三年） 7岁
4月，入读汤岛寻常高等小学。

1915年（大正四年） 8岁
9月，曾祖母阿弘去世。

1920年（大正九年） 13岁
1月，祖母加乃去世。2月，来到父亲的任地滨松，和父母一起生活。转学至滨松寻常高等小学。4月，入读滨松师范附属小学高等科。

1921年（大正十年） 14岁
4月，以第一名的成绩考入静冈县立滨松中学，担任班长。同年，父亲前往中国东北工作。

1922年（大正十一年） 15岁
3月，因为父亲被内定为台湾卫戍医院院长，因此寄居于三岛町的姨妈家中。4月，转学至静冈县立沼津中学。

1924年（大正十三年） 17岁
4月，因家人全都去了台湾的父亲身边，所以被托付给三岛的亲戚照顾。夏天,旅行去台北看望父母亲。此时,受老师和友人的影响,开始对诗歌、小说等产生兴趣。

1925年（大正十四年） 18岁
学校发生了学生闹事事件,被认为是带头闹事者之一,被强制搬入了附近的农家,处于老师的监视之下。

1926年（大正十五年·昭和元年） 19岁
2月,在沼津中学《学友会会报》上发表短歌《湿衣》九首。3月,从沼津中学毕业。前往台北的家人身边,但因父亲调任,又搬家至金泽,为高中入学考试做准备。

1927年（昭和二年） 20岁
4月,入读金泽第四高中理科甲类。加入柔道部。同年,征兵检查甲种合格。

1928年（昭和三年） 21岁
5月,应召加入静冈第三四联队,但因为在柔道活动中肋骨骨折,退伍回家。7月,参加在京都举行的柔道高中校际比赛,进入半决赛。8月,拜访住在京都的远亲足立文太郎,初见其长女足立文。从这一时期开始创作诗歌。

1929年（昭和四年） 22岁
2月,在诗歌杂志《日本海诗人》上发表《冬天来临之日》。此后,到1930年年底为止,一直在该杂志上发表诗歌。4月,担任柔道部的队长,但不久便退出了柔道部。5月,加入由福田正夫主办的诗歌杂志《焰》,到1933年5月左右为止,一直在该杂志上发表诗歌。同时还活跃于《高冈新报》、《宣言》(内野健儿主办的无产阶级诗歌杂志)、《北冠》等刊物上。

1930年（昭和五年） 23岁
3月,从四高毕业。4月,入读九州帝国大学法文学部英文科,搬至福冈,但是不久就对大学生活失去了兴趣,前往东京,醉心于文学。从9月开始,放弃使用笔名井上泰,改为自己的本名。10月,从九州帝国大学退学。12月,在弘前,与白户郁之助等人一起创刊同人杂志《文学abc》。

1931年（昭和六年） 24岁
3月,父亲在军医监(少将)的职位上退休,在金泽住了一段时间之后,退隐于伊豆汤岛。

1932年（昭和七年） 25岁
1月,杂志《新青年》上征集平林初之辅的未完遗作——侦探小说《谜一般的女人》的续集,以冬木荒之介的笔名参加征集并入选。此后,不断参加《侦探趣味》《SUNDAY每日》等主办的有奖小说征集活动并入选。2月,应召入伍,半个月后退伍。4月,入读京都帝国大学文学部哲学科,但是基本不去听课。从同年夏天开始,诗风发生改变,从分行诗转向散文诗。

1933年（昭和八年） 26岁
9月,以泽木信乃为笔名,小说《三原山晴夫》参加《SUNDAY每日》的"大众文艺"征集活动,被选为优秀作品。11月,《三原山晴夫》被大阪的剧团"享乐列车"改编成剧目并上演。

1934年（昭和九年） 27岁

3月，以泽木信乃为笔名，参与《SUNDAY每日》的"大众文艺"征集活动，小说《初恋物语》当选。4月，以大学在读的身份加入新成立的电影社脚本部，往返于京都和东京之间。

1935年（昭和十年） 28岁

6月，在《新剧坛》创刊号上发表首部戏曲创作《明治之月》。8月，与友人创刊诗歌杂志《圣餐》。10月，以本名参加《SUNDAY每日》的"大众文艺"征集活动，侦探小说《红庄的恶魔们》当选。《明治之月》在新桥舞剧场上演。11月，与足立文结婚。

1936年（昭和十一年） 29岁

3月，从京都帝国大学哲学科毕业。7月，参加《SUNDAY每日》的"长篇大众文艺"征集活动，《流转》当选为历史小说第一名，并获第一届千叶龟雄奖。以此获奖为契机，8月就职于每日新闻大阪总部。在《SUNDAY每日》编辑部工作。10月，长女几世出生。

1937年（昭和十二年） 30岁

6月，成为学艺部直属职员。9月，应召为中日战争候补人员。《流转》被松竹公司拍成电影。被编入名古屋第三师团派往中国北部，11月，患上脚气病，被送进野战预备医院。

1938年（昭和十三年） 31岁

3月，因病提前退伍。4月，回到每日新闻大阪总部学艺部工作。负责宗教栏目。10月，次女加代出生，但不久就夭折了。

1939年（昭和十四年） 32岁
除宗教栏目外,开始同时负责美术栏目。专注于对佛典、佛教美术等相关内容的取材。

1940年（昭和十五年） 33岁
与安西东卫、竹中郁、小野十三郎、伊东静雄、杉山平一等诗人交往。9月,因职务调整,转至文化部工作。12月,长子修一出生。

1942年（昭和十七年）35岁
在出版社工作的同时,还在京都帝国大学研究生院进行研究活动。

1943年（昭和十八年） 36岁
1月,《大阪每日新闻》与《东京日日新闻》合并,成立《每日新闻》。4月,与浦上五六合著的《现代先觉者传》发行,所用笔名为浦井靖六。10月,次子卓也出生。

1945年（昭和二十年） 38岁
1月,成为每日新闻社参事。因为学艺栏被裁掉,4月,调动到社会部工作。岳父足立文太郎去世。5月,三女佳子出生。6月,家人被疏散到鸟取县。每天从大阪茨木出发去上班。8月15日,撰写终战文章《听完玉音广播之后》。12月,将家人托付给妻子娘家足立家照顾。

1946年（昭和二十一年） 39岁
1月,就任大阪总社文化部副部长。再次开始诗歌创作。

1947年（昭和二十二年） 40岁

以井上承也为笔名,参加《人间》第一届新人小说征集活动,9月,小说《斗牛》在当选作品空缺的情况下,入选优秀作品。4月,兼任大阪总社评论员。8月,家人迁居至汤岛。

1948年（昭和二十三年） 41岁

1月,完成小说《猎枪》的创作,参加了《人间》第二届新人小说征集活动,但没有入选。2月,协助竹中郁等人创刊诗歌童话杂志《麒麟》,负责挑选诗歌。4月,任东京总社出版局书籍部副部长,独自一人前往东京,暂居于葛饰区奥户新町妙法寺。

1949年（昭和二十四年） 42岁

10月、12月,接连在《文学界》上发表《猎枪》《斗牛》。

1950年（昭和二十五年） 43岁

2月,《斗牛》获第22届芥川文学奖。3月,就任东京总社出版局代理负责人,专注于创作。4月,在《新潮》上发表短篇小说《漆胡樽》。5月开始在《夕刊新大阪》上连载第一部报刊小说《那个人的名字无法说出》。7月,长篇小说《黯潮》开始在《文艺春秋》上连载。8月,《井上靖诗抄》发表于《日本未来派》。

1951年（昭和二十六年） 44岁

1月,开始在《新潮》上连载长篇小说《白牙》(至5月)。5月,从每日新闻社辞职,成为社友。专心从事文学创作。8月,开始在《SUNDAY每日》上连载《战国无赖》,在《文艺春秋》上发表《玉碗记》。10月,在《新潮》上发表《某伪作家的一生》。

1952年（昭和二十七年） 45岁

1月,开始在《妇人画报》上连载《青衣人》(至同年12月),7月,开始在《新潮》上连载《黑暗平原》。

1953年（昭和二十八年） 46岁

1月,开始在《ALL读物》上连载《罗汉柏物语》,5月,开始在《周刊朝日》上连载《昨天和明天之间》。7月,在《群像》上发表《异域之人》。10月,开始在《小说新潮》上连载《风林火山》。12月,在《别册文艺春秋》上发表《古道尔先生的手套》。

1954年（昭和二十九年） 47岁

3月,开始在《朝日新闻》上连载《明日将至之人》,在《群像》上发表《信松尼记》,在《中央公论》上发表《僧行贺之泪》。

1955年（昭和三十年） 48岁

1月,在《文艺春秋》上发表《弃媪》。从昭和29年度下半期(第32届)开始担任芥川奖的选考委员。8月,开始在《别册文艺春秋》上连载《淀殿日记》(后改名为《淀君日记》),开始在《小说新潮》上连载《真田军记》。9月,开始在《每日新闻》上连载《涨潮》。10月,由新潮社出版新著长篇小说《黑蝶》。

1956年（昭和三十一年） 49岁

1月,开始在《新潮》上连载长篇小说《射程》,11月,开始在《朝日新闻》上连载《冰壁》。

1957年（昭和三十二年） 50岁

3月,开始在《中央公论》上连载《天平之甍》。10月,开始在《周刊读卖》上连载《海峡》。正在连载的《冰壁》引起了社会热议,成为畅销书。10月末,开始了首次中国之旅,为期近一个月时间。

1958年（昭和三十三年） 51岁
2月,凭借《天平之甍》获艺术选奖文部大臣奖。3月,在《中央公论》上发表《满月》。5月,在《世界》上发表《幽鬼》。7月,在《文艺春秋》上发表《楼兰》。10月,在《群像》上发表《平蜘蛛釜》。

1959年（昭和三十四年） 52岁
1月,开始在《群像》上连载《敦煌》。2月,凭借《冰壁》等作品获日本艺术院奖。5月,父亲井上隼雄去世。7月,在《声》上发表《洪水》。10月,开始在《文艺春秋》上连载《苍狼》,在《朝日新闻》上连载《漩涡》。

1960年（昭和三十五年） 53岁
1月,开始在《主妇之友》上连载《雪虫》。7月,受每日新闻社派遣前往罗马奥运会采风,周游欧美各国,11月末回国。《敦煌》《楼兰》获每日艺术大奖。

1961年（昭和三十六年） 54岁
1月,与大冈升平就《苍狼》产生论争。在《东京新闻》晚报等连载《悬崖》。6月末开始进行为期约半个月的访华。10月开始在《周刊朝日》上连载《忧愁平野》。12月,《淀君日记》获野间文艺奖。

1962年（昭和三十七年） 55岁
7月,开始在《每日新闻》上连载《城砦》。

1963年（昭和三十八年） 56岁

2月,开始在《妇人公论》上连载《杨贵妃传》,在《ALL读物》上发表《明妃曲》。4月,为创作《风涛》,前往韩国进行为期约一周的采风。6月,在《文艺》上发表《宦者中行说》。8月,开始在《群像》上连载《风涛》。9月末开始,进行为期约一个月的访华。

1964年（昭和三十九年） 57岁

1月,成为日本艺术院会员。2月,《风涛》获读卖文学奖。5月,为创作《海神》,前往美国进行为期约两个月的旅行采风。9月,开始在《产经新闻》上连载《夏草冬涛》。10月,开始在《展望》上连载《后白河院》。

1965年（昭和四十年） 58岁

5月,在苏联境内的中亚地区进行了为期约一个月的旅行。11月,开始在《朝日新闻》上连载《化石》。

1966年（昭和四十一年） 59岁

1月,分别开始在《文艺春秋》上连载《俄罗斯国醉梦谭》,在《世界》上连载《海神（第一部）》,在《太阳》上连载《西域之旅》。

1967年（昭和四十二年） 60岁

6月,开始在《每日新闻》晚报上连载《夜之声》。夏,受夏威夷大学邀请担任夏季研究班讲师,前往夏威夷旅行。诗集《运河》刊行。

1968年（昭和四十三年） 61岁

1月,开始在《SUNDAY每日》上连载《额田女王》。5月,前往苏联进行为期约一个半月的旅行,为《俄罗斯国醉梦谭》采风。10月,《西域物语》开始在《朝日新闻》周日版连载。12月,《北之海》开始在《东京新闻》等刊物连载。

1969年（昭和四十四年） 62岁
1月,分别开始在《世界》上连载《海神（第二部）》,在《太阳》上连载《西域纪行》。4月,就任日本文艺家协会理事长。《俄罗斯国醉梦谭》获新潮日本文学大奖。7月,在《海》上发表《圣者》。8月,在《群像》上发表《月之光》。

1970年（昭和四十五年） 63岁
1月,开始在《日本经济新闻》上连载《榉木》。9月,开始在《读卖新闻》上连载《方形船》。

1971年（昭和四十六年） 64岁
1月,开始在《文艺春秋》上连载美术游记《与美丽邂逅》。3月,前往美国进行约两周的旅行,为《海神》采风。5月,开始在《朝日新闻》上连载《星与祭》。诗集《季节》刊行。

1972年（昭和四十七年） 65岁
9月,开始在《每日新闻》晚报上连载《年幼时光》。由每日新闻社主办的"井上靖文学展"举行。10月,开始在《世界》上连载《海神（第三部）》。新潮社版《井上靖小说全集》（共32卷）开始出版发行。

1973年（昭和四十八年） 66岁
5月,前往阿富汗、伊朗等地进行为期约一个月的旅行。11月,母亲八重去世。沼津骏河平开设井上文学馆。

1974年（昭和四十九年） 67岁
1月,开始在《文艺春秋》上连载游记《亚历山大之道》。开始在《每日新闻》周日版上连载随笔《一期一会》。9月末开始为期约两周的访华。

1975年（昭和五十年） 68岁
5月,作为访华作家代表团团长,在中国进行了为期约20天的旅行。

1976年（昭和五十一年） 69岁
2月,前往欧洲进行为期约一周的旅行。6月,前往韩国进行为期约10天的旅行。11月,获文化勋章。进行为期约两周的访华。诗集《远征路》刊行。

1977年（昭和五十二年） 70岁
3月,用约10天的时间历访埃及、伊拉克等地。8月,进行为期约20天的访华,前往新疆维吾尔自治区。11月,开始在《每日新闻》上连载《流沙》。

1978年（昭和五十三年） 71岁
1月,开始在《文艺春秋》上连载《我的西域纪行》。5月至6月间访华,首次到访敦煌。

1979年（昭和五十四年） 72岁
3月,每日新闻社主办的"敦煌——壁画艺术与井上靖的诗情展"在大丸东京店等地举行。从夏到秋,跟随电影《天平之甍》摄影组、NHK丝绸之路采访组等多次前往中国、西域等地旅行。

1980年（昭和五十五年） 73岁
3月,和平山郁夫一起参观印度尼西亚婆罗浮屠遗址。4月末开始,和NHK丝绸之路采访组一起行走于西域各地。6月,任日中文化交流协会会长。8月,访华。10月,和NHK丝绸之路采访组一起获菊池宽奖。获佛教传道文化奖。

1981年（昭和五十六年） 74岁
1月,开始在《群像》上连载《本觉坊遗文》。4月,开始在《太阳》上连载随笔《站在河岸边》。5月,任日本笔会会长。9月末,在夫人的陪伴下前往中国旅行,为创作《孔子》采风。10月,就任日本近代文学馆名誉馆长。获放送文化奖。

1982年（昭和五十七年） 75岁
5月,《本觉坊遗文》获新潮日本文学大奖。同月末、11月末、12月末到次年初,三次前往中国旅行。出席巴黎日法文化会议。

1983年（昭和五十八年） 76岁
6月(两次)和12月访华。

1984年（昭和五十九年） 77岁
1月至5月,由每日新闻社主办的展览"与美丽邂逅 井上靖 无法忘却的艺术家们"在横滨高岛屋等地举行。5月,作为运营委员长主持国际笔会东京大会。11月,访华。

1985年（昭和六十年） 78岁

1月，获朝日奖。6月，在夫人的陪伴下，和《俄罗斯国醉梦谭》摄影组一起访问苏联。10月，访华。

1986年（昭和六十一年） 79岁

4月，访华，被授予北京大学名誉博士称号。9月，因食道癌在国立癌症中心住院，接受手术治疗。

1987年（昭和六十二年） 80岁

5月，在夫人的陪伴下前往法国，并游历欧洲各地。6月，开始在《新潮》上连载最后的长篇小说《孔子》。10月，访华。

1988年（昭和六十三年） 81岁

5月，前往中国进行为期10天的旅行，访问孔子的家乡曲阜，为创作《孔子》采风。这是他第27次中国之行，也是最后一次。诗集《旁观者》刊行。

1989年（昭和六十四年·平成元年） 82岁

12月，《孔子》获野间文艺奖。

1991年（平成三年）

1月29日，在国立癌症中心去世。2月20日，在青山斋场举行葬礼，戒名：峰云院文华法德日靖居士。